罗山脚下的枪声

张治乾 著

黄河出版传媒集团
宁夏人民出版社

图书在版编目（CIP）数据

罗山脚下的枪声 / 张治乾著. -- 银川：宁夏人民出版社，2019.10
ISBN 978-7-227-07092-4

Ⅰ. ①罗… Ⅱ. ①张… Ⅲ. ①长篇小说—中国—当代
Ⅳ. ①I247.5

中国版本图书馆CIP数据核字（2019）第233753号

罗山脚下的枪声　　张治乾　著

责任编辑　陈　晶　杨敏媛
责任校对　白　雪
封面设计　石　磊
责任印制　肖　艳

黄河出版传媒集团
宁夏人民出版社　出版发行

出 版 人　薛文斌
地　　址　宁夏银川市北京东路139号出版大厦（750001）
网　　址　http://www.yrpubm.com
网上书店　http://www.hh-book.com
电子信箱　nxrmcbs@126.com
邮购电话　0951-5052104　5052106
经　　销　全国新华书店
印刷装订　宁夏银报智能印刷科技有限公司
印刷委托书号　（宁）0015004

开　　本　880mm×1230mm　1/32
印　　张　7.625
字　　数　160千字
版　　次　2019年10月第1版
印　　次　2019年10月第1次印刷
书　　号　ISBN 978-7-227-07092-4
定　　价　38.00元

张治乾，回族，1964年生，宁夏彭阳人，现居吴忠市红寺堡区，中学高级教师，督学。在教育工作之余坚持文学创作，作品散见于《小说界》《时代文学》《黄河文学》《天津文学》《雨花》《唐山文学》《微型小说选刊》《小说月刊》《中国民族报》《宁夏日报》等报刊。小说《麦收》获第十一届全国微型小说奖，小说《亡者归来》获第六届新月文学奖，小说《天使泪》《疯狂的帽子》曾入选2013年和2017年全国微型小说排行榜。出版小说《大漠长歌》。

由于创作成绩突出，先后受到吴忠市委、政府、文联的表彰，被吴忠市红寺堡区委、政府授予“移民文化领军人”荣誉称号。

现为中国少数民族作家学会会员，宁夏作家协会会员，吴忠市作家协会副主席。

序：为一座山立传

李进祥

治乾要我给他的新书作序，我最初没敢贸然答应。原因是治乾比我年长，又做过多年的中学校长，桃李满天下，由我作序，感觉有些不妥。我劝他请个德高望重的前辈，或成就卓著的名家。他说并不认识多少前辈名家，就认识我，再三要我来写，我只能觍颜应允。

认识治乾，是在鲁迅文学院的培训班上。鲁迅文学院在宁夏举办少数民族作家培训班，我当班主任，治乾是学员，这便有了师生之名，实际上并无师生之实。我当班主任，主要做些管理工作，只上过一节课，但学员们都尊称我为老师。在培训班上的时候，为了管理，我只能端起老师的架势，培训结束后，我就告诉大家，以后不称师生，就是朋友。尽管这样，还是有些学员对我以老师相称。治乾也是，每次见面或打电话，必称老师。好在我曾当过十几年的老师，就当是职业称呼了。我们都是先当老师，后从事写作，有着相似的经历。

我老家在同心，治乾在红寺堡，我们还算是老乡。红寺堡大部分土地是从同心县划出去的，大部分人也是从同心移出去的，就像弟兄分开家，不在一个锅里吃饭了，但骨肉亲情还在的。红寺堡开发的过程中，我一直都关注着。最早搬迁过去的人，住在低矮的移民房里，还有些人甚至住在地窨子里。开发好几年了，坐车路过，还能看见田里的庄稼被黄沙埋住了，路边的树木被大风刮倒了。我看着都揪心，付出辛苦和汗水的人们，不知是怎样的失望和沮丧。但失望和沮丧并没有压垮红寺堡人，倒下的树苗被扶起来了，毁坏的庄稼又重新播种，地慢慢变绿了，盖起了房子，铺设了道路。农村有了农村的模样，城市也有了城市的气象。

今年夏天，去红寺堡参加一个活动，见到了治乾，也看了红寺堡的许多地方。我看到了一种变化，感受到一种生长。亘古荒原上，生长起树木庄稼，生长起城镇乡村，生长起十几万人的梦想。更重要的是，生长起郁郁葱葱的文学艺术。红寺堡的文学艺术作品还显得比较稚嫩，但有着一种泥土的清香和精神的力量；文学艺术人才还刚刚崭露头角，但已经得到了当地足够礼遇和尊重。一个热爱文学的地方，人心是亮堂的；一个尊重艺术的地方，前途是亮堂的。

治乾是红寺堡文学艺术人才中的佼佼者，他从事文学创作较晚，但创作成绩丰厚。诗歌、散文、小说、剧本都有涉猎，著有长篇小说4部、中篇小说7部、短篇小说120多篇、散文60多篇、剧本5个、诗歌100多首，有二百多万字。这在专业作家来说，都属高产了。治乾年届五十，还如此勤奋创作，真令人敬佩。他是从彭阳移民到红寺堡的，身上有着南部山区人的朴实和勤劳，还有移民区人的拓荒精神和时不我待的紧迫感。

治乾以前出版过长篇小说《大漠长歌》，再现了红寺堡开发的全过程。最近又创作了两部长篇小说，一部是《罗山脚下的枪声》，另一部是《爱在罗山脚下蔓延》。《罗山脚下的枪声》讲的是红寺堡地区革命战争年代的一段传奇历史。1944年春天，罗山脚下出生的女子杨桃子，从省城女中毕业，与自己的老师结为伉俪。新婚之夜，土匪上门抢劫，父母被打死，小两口分别逃走，一个参加了八路军，一个当了国民党的兵，走上了不同的道路。后来几经波折，两个人在革命队伍里团聚，一起解放了自己的故乡。《爱在罗山脚下蔓延》也是一部反映红寺堡地区人民生活的长篇小说。全书从1949年解放，写到2012年，描写了罗山脚下纳家四代人走过63年风风雨雨，也是红寺堡几十年的风雨历程。

两部长篇，都以罗山命名，就可以看出治乾的目的，他是要为罗山立传。两个小长篇，写了红寺堡六十多年的历史，其中包含着治乾的抱负，他要为红寺堡续史。

罗山是宁夏境内的三座主要山脉之一，与南部的六盘山、北部的贺兰山等高齐名。山上植被茂盛、物种繁多，是宁夏中部的绿色生态屏障，也是重要的水源涵养林区，素有荒漠翡翠、旱海明珠之称。红寺堡历史悠久，早在新石器时期，这里就有人类活动。从夏商到唐宋，多民族在这里融合聚居，繁衍生息，但红寺堡之名，最早见于明朝，是明庆王就藩封地，为军事要塞，战略要地。明庆王朱栴驻宁夏36年，61岁病逝，葬于罗山脚下。其后代袭封庆王爵位，传十世，在宁夏总共传承251年。朱栴一生吟诗填词、选文撰书，成就斐然，撰修宁夏第一部方志《宁夏志》，也写下了大量的赞美罗山风光的诗词，使罗山名扬天下。

罗山出名在明朝，红寺堡名称也始于明朝，这不能不说是一种缘分。如今，罗山成为红寺堡境内的一座山，成为红寺堡的脊梁，也成为红寺堡的象征。作为一个新的移民开发区，红寺堡人建设新家园的同时，也在努力续写历史、续通文脉。当地办了一份刊物叫《罗山文苑》，治乾担任副主编；当地出了一套地方文献《见证》，治乾也是副主编；治乾以前的写作，包括这两部长篇小说，也是这种努力的一部分。

“为天地立心，为生民立命，为往圣继绝学，为万世开太平”，北宋大儒张载的这四句话，道出了中国知识分子的最高理想。用这四句话来形容治乾，是有些过了；用这四句话要求治乾，也有些过了。治乾用自己的文字，为一座山立传，为一个地方续史，这已经难能可贵了。能为他的书作序，也是我的荣幸。

是为序。

1

太阳刚刚升起，大罗山沐浴在万道霞光之中。罗山脚下的杨家坳里，有一大户人家正在举行一场盛大的婚礼。

主人杨庆绪一改往日足不出户的习惯，早早恭候在大门外，迎接着远道而来道喜的亲戚朋友。今天，他特意打扮了一番，上穿青色丝布棉袍，外套二毛皮坎肩，头戴棕色狐皮帽，脚穿双梁棉鞋，特别是新修了胡子，显得年轻而有活力。他和来宾互相抱拳问好，笑容时刻挂在脸上。

院子里，杨庆绪的老伴在各个桌子之间来回穿梭，不停地向客人让茶："拿起，拿起，我们没有好茶好菜招待大家，请大家甭客气。"一边说，一边笑吟吟地去下一桌倒茶。杨庆绪见客来的差不多了，也返回院子，对前来贺喜的宾客说："好好吃，实在对不起，你们贵脚踏在了我的贱地上，真是不胜荣幸啊！可是现在这情势，兵荒马乱的，有钱也买不上好货，凫当了几桌便饭，多了吃饱，少了吃了啊！"

客人们抬起头，纷纷向老杨祝贺，说老杨生了个好闺女，真是十里八乡一朵花，福大命大。老杨说："惭愧，惭愧，一辈子没生出个儿子来，生了个闺女只好招女婿。有了女婿进门，总算这后半辈子不用操心了。”

村里的老秀才王撒说：“听说你女婿还是个留过洋的学生，学问不浅哦！”

老杨说：“哪里，哪里，只是在那个叫‘乏拉稀’的地方念过几年书。”

老杨还没说完，席上一个年轻人说：“不是‘乏拉稀’，是法兰西。”

大家嗷嗷地起哄：“什么拉稀不拉稀的，正吃饭呢，别拉稀好不好啊！”

众人都笑起来，小院里充满了快乐喜庆的气氛。

忽然，从西厢房里传出了嘤嘤的啼哭声，众人侧耳探寻。老杨说：“是桃子，这闺女还是不听劝，又不是嫁出去，哭什么？如果嫁出去，一年半载回不了家，哭几声也是应该的。”

王秀才说：“为人一理，虽然不出门，但总还是成了家，哭也是念着你的好哪！”

其实，桃子对这门亲事格外满意，丈夫是自己在省城女中念书时结识的，是留法归来的学生，也是自己的法文老师。省城女中是当地一所中等规模的学校，是晚清政府提倡新学的时候创办的，后来国民政府改办女中。老杨有钱，也只有一个女儿，便送她去女中读书。在入学的第二年，她认识了法文教师严实，这严实人虽然长得有些单薄，但很精神，一米八的个头，银边掐丝眼镜一戴，显得干练而又斯文。桃子第一次上法语课，就被严实英俊的外貌和不凡的谈吐所吸引，便打起十二分的精神，仔细听这个和自己年纪差不多的人讲课，几分崇拜油然而生。

桃子是个喜欢接受新事物的女孩，自打从乡下来到省城，一改农家女低眉细语的做派，将蓄了十多年的大辫子嚓嚓两下就给剪了，变成了齐耳短发。将母亲给她缝制的玫瑰红绸缎大襟双盘扣夹袄也压到了箱子底，换上了时下流行的浅蓝对襟喇叭袖学生装，下穿黑红相间条纹短裙，显得更加超凡脱俗。

严实第一次上课就注意到了这个大眼睛长睫毛的女孩子，从她那明亮的眸子里，严实读出了她内心的秘密，但碍于师生关系的特殊，他们之间并无过多的言语交流，却在内心深处给彼此留下了一个别人无法取代的位置。

寒来暑往，转眼两年过去，桃子就要毕业了，严实的心中涌起莫名的惆怅与失落感。在毕业典礼之后，严实来到学校后花园的林荫道上等着桃子，那是她回宿舍的必经之路。桃子发现典礼一结束，严实就匆匆离去，便毫无心绪地准备返回宿舍，打包一下等待父亲的车子接她回家。两人在林荫道上相遇，看着对方互相微笑却不知从何说起，最后还是严实鼓足勇气向桃子倾吐了两年来的暗恋相思之苦。桃子也等着这一天，不等严实说完，两个人便拥抱在一起，甜蜜的情话说了整整一天。临分别的时候，桃子说："我在家里等你，如果你的心是诚的，就来大罗山下的杨家坳吧。”

严实的父亲严国玺是国民党宁夏省政府教育厅的督学，也是一名开明绅士，听儿子说喜欢上了女中的毕业生，便以“有辱师道尊严”为由，数落了儿子几句，拂袖而去。可是严实跪在地上一天一夜不吃不喝逼得父亲答应了他的请求，带上聘礼颠簸数百公里来到罗山脚下求亲。

杨庆绪对女儿看准的这个女婿十分满意，没费多少口舌，就将这门亲事应允了下来。只是老杨提出要招婿入赘，在这件事上两位准亲家发生了争执，但最终严督学拗不过儿子，答应儿子入赘成亲，但心里想：“先结婚再说，以后的事谁能说上个一定呢！”

太阳已经升上了头顶，送亲的还不见个人影，老杨心里闪过一丝不安，但很快又平静下来。虽说大罗山一带经常有土匪出没，但最近国民政府加强了当地驻军的力量，一路都有营级建制的部队驻守，特别是在红寺堡和红城水一带还有“西北王”马副司令的两个独立团驻防，但明眼人一眼就能看出，那是与离本地不远的延安共产党较劲。

虽说国共合作抗日，日寇已被八路军和阎老西的部队挡在了太行山外。国民党扬言加强驻军是为了抗日，其实是让马家军与八路军争地盘。

驻军一多，土匪流寇便消声遁迹，给方圆十里八乡带来少许安宁。杨庆绪也是看准了这罅隙里的安静，急急忙忙将女儿的婚事办了，了却一桩心事。

老杨正着急间，村口一阵骚动，紧接着便听到了爆竹炸响的声音和唢呐的吹奏声，老杨知道送亲的人来了。

送亲的人不多，除了几个吹鼓手外，就剩司机、严实及其父母。他们也怕地面上不安宁，一路低调而行，到了杨家坳才弄出一点动静，只是礼节性地表示一下。老杨和众乡亲出村迎接，寒暄之后，便开席款待男方宾朋。桃子穿戴一新，化了淡妆，盘了头发，跟随新郎穿梭于席面之间，敬酒让茶，一派喜气洋洋，直到日落西山，众宾客相继辞别而去。

严国玺夫妇与儿子、儿媳说了些体己话，便告别亲家，驱车返回省城。

新婚之夜，一对新人，醉眼迷离，情意绵绵，未等新娘脱去婚衣，新郎如蟒蛇般将新娘卷入怀中。桃子感觉有些窒息，但陌生的触感如电流般传遍全身，遮盖了那隐隐的疼痛，迷乱间已羽化为蝶，完成了一个少女到少妇的蜕变。

2

与此同时，小罗山深处黑鹰峡内，骆金雄匪部二百余土匪也在开宴庆祝头天晚上的战果。

山洞内，火把通明，二十多张高低大小不一的桌子上摆满了苹果、鸭梨、大枣等水果，每个桌子上一坛老酒已经开封，刚出锅的羊肉、鸡肉冒着腾腾热气。二百余土匪围在桌子旁七嘴八舌地议论头天晚上在梨花沟的抢劫经过，个个说得眉飞色舞，大有卖弄邀功之意。

骆金雄一手提着酒罐，一手擎一只大碗，将酒倒满后，举过头顶说："各位兄弟，今日放开肚皮，愣怂地喝，愣怂地吃，酒肉管够，哈哈哈！"说着，仰起脖子，一碗酒一气喝完，亮空碗给大家看。

骆金雄的师爷吴昊端起一碗酒说："各位兄弟，眼下国军已经占……占据了卫宁平原、银川平原和河套平原，东面的延安有共产党割据，已经有八路军渗透到曲子环县一带，我们生存的空间越来越小，且都是狗不拉屎的山区，也没有多少油水可捞。骆……骆爷带领大家还能弄个酒足饭饱，已实属不易。所以，我们大家共同举杯，给……给骆爷敬上一杯！”

“好！祝骆爷洪福齐天！”众匪徒一齐呐喊，将碗中酒一饮而尽。

斜眼子刘丕喝完酒，用袖子将嘴一抹，说：“骆爷，请您放心，我们可不管什么国民党，还是什么共产党，只要您老人家一句话，说抢谁就抢谁，您说剁谁的头，就剁谁的头，兄弟绝不含糊。”

“好，好，好！”骆金雄转了一个圈，跳上一块石头，蹲在上面说，“好在八路军正在和日本鬼子干，国军也向东扩张和八路抢地盘，暂时还顾不上和我们作对，我们何不趁此机会多捞几把，多弄几条枪，多弄些硬东西，危难之际也好应付。”

刘丕说：“咱得转个方向弄，前天咱们去的那个梨花沟，一家比一家穷，别说银圆，连铜板也没几个，真是不划算。”

吴师爷说：“打了这么多年的仗，哪……哪里还有富汉啊。我看能弄来吃……吃的穿的就已经不错了，硬东西恐怕没几个了。”说完，蹲在地上，吧嗒吧嗒地抽起了旱烟锅。

骆金雄的副官王僚，人称二掌柜的，姓甚名谁，没几个人知道，平时说话很少，但身手敏捷，杀人如麻，在匪徒中颇有些威望。因与骆金雄是表兄弟，自然就是二把手。他站起来说：“听说贺兰山上的郭阎王混得不错，占据山高林密的优势和官府对着干，已经有上千号人马，就连省主席都对他让着三分哩。”

骆金雄又干了一碗酒，说：“咱和人家比不了，也不和他比。咱们出来混就是为了有口饭吃，国民党也好，共产党也罢，咱都得罪不起。石头大了我们绕过去，千万别和石头较劲。”

吴师爷说：“骆爷说得有道理，别……别拿鸡蛋碰石头，国共两党我们谁也不得罪，但谁要和我们过不去，我们也不是吃素的。”

斜眼子刘丕说：“我们再干一次，说不定会有大收获。”

骆金雄笑问：“小兄弟踩着点了？”

刘丕说：“骆爷难道忘了，杨家坳杨掌柜的可是方圆几十里有名的大户，听说最近招了个女婿，亲家还是省里的大官，我们何不敲他一笔？”

吴师爷说：“不妥，不妥，兔子还不吃窝边草呢，敲了他，我们还能干出身？”

骆金雄眼珠子转了又转，说：“我看行。如果我们顾忌这顾忌那，日子长了我们也会坐吃山空。再说，我们也没有其他选择了，干一次试试风声。”

吴师爷说：“骆爷三思，我的意见是不要闯这个麻达。”

骆金雄说：“太仁慈了我们就不会有好日子过。我看，就这样定了，三更以后，我们去杨家坳！”

“好！”众匪徒欢呼起来。

骆金雄喊：“三贵，三贵！”

随着喊声，一个脸上还有几分稚气的小伙子跑了过来。他就是三贵，姓胡，专给骆金雄喂马。听到骆金雄唤他，就赶紧跑过来问：“骆爷，啥事？”

骆金雄说：“去，给我的马多加点料，老子要出去做生意，这脚程可要好。”

胡三贵小的时候正值战乱时期，村子里三分之一的青壮年都是棒客，靠打家劫舍过日子。胡三贵年纪尚小，就给村子里的棒客老大骆金雄家喂马。

胡三贵给骆金雄喂马图的就是一个月三块银圆的赏钱。有了这三块钱，两块够父母和自己生活，一块还能攒下来。虽说三贵只有十六七岁，却早已瞄上了邻居家的桂花。只要攒够二十块大洋，就能将桂花体体面面娶回家。

三贵人勤快，除了割草送料，有时间就拿一把刷子挨个儿给马梳毛，挠得马儿怪舒服。马儿舒服了，吃的也多了，自然膘肥体壮。骆金雄看三贵是个养马的好手，心里非常喜欢，有时从外面回来，还赏给三贵一些酒肉和几个铜板。

骆金雄干的是夜里的买卖，白天睡大觉。三贵白天忙个不停，必须要在日落前将马喂饱。当骆金雄和他手下的匪徒将马一匹一匹牵出马厩，三贵才长长出了一口气，胡乱找些食物填一填肚子，然后躺在草垛上想桂花。

桂花长得着实俊俏，乌黑发亮的辫子一直垂到腰上，走起路来，一甩一甩像在耍花蛇。再看那模样，粉嘟嘟的脸蛋，白里透着红，特别是一双水汪汪的大眼睛，眨一眨就能勾走人的魂。三贵爹曾托人去提亲，没想到桂花的爹出口就要二十块大洋的彩礼，把三贵爹给戗了回来。

三贵想累了，就拿出攒下的银圆在手里摩挲，那白花花的银圆就像桂花的脸蛋一样好看。

正想得出神，骆金雄进来了，他对三贵说："走，跟爷一块发财去！"

胡三贵惊恐地看着骆金雄，说："爷，我怕。我就不去了。"

骆金雄从鼻子里哼了一声，说："真他妈的是个囊㞞，除了喂马还有两下子，看来也没多大出息。好，你看家，管好火炉子，烧些热水等着爷，爷回来洗个澡。"

说完，用马鞭抽了马屁股一下，那马驮着骆金雄，一群匪徒跟在后面，嗷嗷叫着出了黑鹰峡。

3

繁星满天，一轮下弦月已经跃上中天，杨家坳沉睡在苍茫的夜色中。忽然，村东头传来几声狗吠，继而响起了枪声。杨庆绪刚躺下，就被狗吠声惊醒。他的心抽了一下，凭着几十年的经验，他从犬吠声中听出了不妙。他立马翻身，裹了一件羊皮大衣，叫醒老伴，奔出房门，喊女婿和女儿快快起来。桃子在枪声中惊醒，推了推严实，他睡得很沉，再去推他，就听见父亲急促的喊声。桃子拽了一把严实就往地下跳，还没拉开房门，就听见砰砰几声枪响，紧接着传来父母凄厉的叫声和倒地的声音。

桃子厉声喊了一声："爹！娘！"便拉开房门冲了出去，她发现爹和娘已经倒在血泊中，她刚要叫喊，啪啪啪几颗子弹打在脚前面。黑暗之中，她发现自家的墙头上站满了持枪的人。

严实惊醒后，还没弄明白是怎么回事，自己的新婚妻子已经冲出了门，他没有多想，急忙提起墙上的猎枪，照墙头上的黑影开了一枪，一个黑影便掉下墙来。他再扣扳机，却发现那猎枪只能打一枪。

借着朦胧的月光，严实发现大门已经被推开了，进来十几个彪形大汉，个个持枪在手，如凶神恶煞一般，到了庭院如入无人之境，一直进入中院才停住脚步喊话："杨掌柜的，你听着，我们明人不做暗事，我们是黑鹰峡骆爷麾下，今日来到贵地，就是借俩钱花花，没别的意思。识相的别折腾，乖乖把银子送上来，我们免你们一死。如果想当守财奴，就把命交出来，我们照样收。"

桃子趁此机会扑到爹娘身边，发现老爹和老娘都已中弹，鲜血洒了一地。她急忙将衬衫脱了下来撕成两半，给老爹和老娘包扎。严实已经装好了弹药，随时准备与匪徒搏杀。杨掌柜杨庆绪一听是黑鹰峡的骆金雄，知道这家伙杀人成性，什么事都能干出来，便忍着剧痛大声喊："全家老小，千万别和骆掌柜的对着干，我们有事好商量。"

骆金雄随几个大汉走进院内，听到杨庆绪的回话便假惺惺地说："这就对了嘛！老杨还是识相的。弟兄们听着，不要开枪，杨掌柜的会给我们一个满意的答复的。"

严实听了岳父的话，立即扔了枪，跑过去将岳父岳母扶起来坐在地上，说："爹、娘，小婿无能，没有保护好二位老人，惭愧啊！"

杨庆绪抬眼看了看女婿，小声说："你们快走，不要管我们。"

严实说："一个女婿半个儿，俺倒插门到杨家，俺就是您的儿子，世上哪有只顾自己不顾老爹死活的儿子啊？”

杨庆绪说：“你傻呀，快逃吧，能活着出去一个算一个吧。”说着，向桃子使了个眼色。

桃子已经是泪水涟涟，加上夜色较浓，并没有看见老爹的眼色，还在一个劲儿捂着老娘的伤口。杨庆绪使出浑身力气蹬了桃子一脚，说：“还不快给骆爷取银子去，你们俩都去，把高窑子的那口箱子抬下来。”

高窑子里并没有老爹说的什么箱子，桃子是明白的。桃子忽然想起，高窑子里有个地窖，那地窖里有条暗道直通山后的窨子。老爹还曾经带她走过一回，那时她不明白是干什么用的，老爹说是躲土匪的。现在想起来了，就明白了老爹话里有话。

桃子用胳膊肘蹭了严实一下，说：“我们去取。”

骆金雄说：“都别动，不用劳您大驾，只要你说出放银子的地方就行了，让弟兄们去搬就是了。”说着便向左右一挥手，“上高窑子！”

几个匪徒点了火把，直扑高窑子。匪徒们在窑内翻了个遍，并没有发现什么箱子，就返回来向骆金雄报告。骆金雄一听，立刻火冒三丈，声嘶力竭地说：“他妈的，还戏耍老子。来，把这两个老不死的给我绑起来吊在树上，我看他还老实不老实。”

几个匪徒应声而上，将杨庆绪老两口五花大绑捆了起来，然后将绳头一撂，绳子便穿过树杈，两个土匪攥住绳头，用力一拽，杨庆绪老两口便像皮球一样从地上被拽了起来，悬挂在了树干上。杨庆绪痛苦地惨叫一声，回头看老伴，老伴吭都不吭一声，他知道老伴已经魂飞西天，骂了一句："骆金雄，你不得好死！"便昏厥过去。

严实和桃子已经被匪徒控制，他俩的脖子上都有一只大脚踩着，想抬头看看都办不到，只听到老爹的惨叫和骂声，五内俱焚，却毫无反抗之力。

吴师爷走到骆金雄跟前说："掌柜的，这么耗着也不是个办法，山下还有国军，一旦惊动了他……他们，我们可就吃……吃大亏了。"

骆金雄气急败坏地说："你说怎么办？到现在连一个大子儿都没捞着，还折了一个弟兄，我怎么向大家交代？"

刘丕踮着脚上前，说："不如把他们全干了，让大家伙搜搜，能弄点什么就弄点什么。"

骆金雄一摆手，说："去去去，到一边凉快去。我们主要是求财，不是杀人，杀了他们管个啥用？"一挥手，"二掌柜的，上！"

二掌柜心领神会，立即带了几个小喽啰破门而入，翻箱倒柜，试图有意外的发现。可是翻了半天，除了几床崭新的铺盖和衣服，连一个铜板也没找到。

骆金雄恶狠狠地走到严实和桃子面前，说："你们说不说？不说，我把你们俩也吊上去。"

严实向骆金雄啐了一口，紧接着便被扇了几个响亮的耳光。

桃子说：“把我爹和我娘放下来，我保证给你们银圆和金条。”

严实瞪了桃子一眼，桃子说：“救爹娘要紧，快，有银圆快交出去。”

骆金雄说：“这就对了嘛！只要你们拿出银子，我保证放了你爹娘。”

桃子说：“银子确实在高窑子里，你们寻不着，还是让我们把它找出来，送给你们吧！”

骆金雄说：“好，你们俩上去找，找到了说一声，让弟兄们去取。”

4

驻扎在红寺堡白墩兵营的国民党八十一军独立团二营营长马怀成刚刚躺下，哨兵就来报告："报告营座，大罗山西南听到枪声，情况不明，请营座指示！"

马怀成一听有枪声，立刻从床上爬起来，说："情况不明还报告个屁，快去侦察，弄清情况再来报告。"

马怀成一边骂，一边急忙穿上军装，走出门。出了门发现营副和三个连长已在院子里，便问："什么情况？"

营副王确立正后报告说："听枪声离我们这里不远，枪声很激烈，但一会儿就消失了，估计是小部分武装。"

一连长说："怕是八路军吧？"

"放屁！八路军远在延安，怎么能到这里来？"马怀成瞪了一连长一眼说，"恐怕是土匪吧！"

二连长说："也没准，前几天有人说在定边看到过八路军，那离我们这儿才多远哪？"

马怀成上了瞭望哨位，看了看，听了听，说："命令全营集合，一连负责营部守卫，二连三连跟我走。"

王确说："还是营长留下来坐镇，我带弟兄们过去查看。"

马怀成见王确如此积极，便挥了挥马鞭，说："好，去吧去吧！"

王确立正，给马怀成行了一个军礼，转过身去集合队伍。马怀成看了看天色，喊了一声："慢！还是我亲自去一趟，你留下来看家。"

说完，翻身上马，两腿一夹马肚，那匹枣红战马便急不可耐地冲进了夜幕。两个连的士兵分成两个纵队，向杨家坳方向疾行而去。

半个多小时，马怀成的人马逼近杨家坳腹地，远远望去，杨家坳如同过节一般，到处是燃烧的火把，却听不到任何声响。马怀成有些纳闷，拿起望远镜一看，发现村子里火光阵阵，人影绰绰，却没多大动静。

二连长说："看来是土匪，他们已经控制了村子，要么正在酷刑逼供，要么正在搜粮抢财。"

马怀成说："有道理。二连从北面，三连从南面，同时搜索前进，接近目标后隐蔽，待我搞清楚情况后再行动。如果中途情况有变，可灵活处理。"

马怀成说完，便带上二十几名亲随，跃马直上罗山。到了半山腰，马怀成一勒马缰，转了个方向，直向杨家大院斜插过去。

马怀成居高临下，将杨家大院的情形看得一清二楚。他向左右摆了一个手势，几十个黑洞洞的枪口，对准了正在得意的匪徒们。

杨家大院里，严实站着不动，桃子拽了他一把，说："我们俩去找，只有找到银子才能救爹和娘，走吧！"

骆金雄看了看地形，那高窑子离上面山崖至少还有三丈多高，他们插上翅膀也跑不了，就扬了扬手说："快去！早拿出来，让你爹娘少受一阵罪。"

桃子在前，严实极不情愿地跟在后面。上了台阶，估计骆金雄他们听不到时，桃子小声说："高窑子里有条地道，从那里可以逃出去。"

严实一听有逃跑的暗道，紧跑了两步赶上桃子说："我们逃了，老爹老娘咋办？"

桃子说："顾不了那么多了，能活一个算一个，你先走，我再想办法。"

进了高窑子，桃子将一堆干草踢开，从浮土中掀起一块木板，木板下露出只容一个人下去的土洞，说："快走！"

严实说："要走一块走，你先下，我跟着。"

"我死也要和我爹娘死在一块。你快走，你毕竟是个女婿，犯不上为我们送了性命。"

"不，我们是一家人了，我不走。"

"快走，来不及了。"桃子说着，一把将严实推下了土洞，"你看洞里还有几颗手雷，是爹藏的，赶快给我。"

严实在洞内一摸，还真摸到了几个铁家伙，递到洞口。桃子说："快走，我想法脱身。"

桃子拿了手雷，拧开盖子，将引信套上中指，跑出了门。她站在高窑台子上，居高临下地对骆金雄说："骆贼，放了我爹娘，不然我和你们同归于尽。"说着，亮了亮手中的家伙。

骆金雄和匪徒们吃了一惊，但立刻镇静下来。骆金雄根本就没把这个弱女子放在眼里，哈哈大笑一阵过后，指着桃子说："有种，有种！骆爷我真想开开眼界，有胆量你就撇下来一个让爷瞧瞧。"说着，向身边的匪徒使了个眼色，那匪徒一松手中的绳子，杨庆绪老两口同时从树干上唰的一声溜了下来。桃子见父母从高空坠下，惊恐地闭上眼睛，将手中的手雷抛了出去。众匪徒见桃子扔出手雷，急忙抱头鼠窜，寻找隐蔽之所。

可是，桃子扔出去的手雷并未爆炸，只在匪徒们的脚下滚了几圈便停住不动。骆金雄发现那是个哑弹，立刻从惊恐中恢复过来，拔出手枪准备向桃子射击。就在此时，被桃子推下地窖的严实从里面爬了出来，看到此情此景，一个箭步上来将桃子压在身下。与此同时，骆金雄手中的枪响了，严实腿上中了一枪，他忍住剧烈的疼痛将桃子推进高窑子，大声喊："快走！"

屋外响起了激烈的枪声，严实把桃子推进地窖，"快走，兴许还能逃过一命。"

桃子含着泪："我们一起走吧！"

严实说："我腿受伤了，走不动了，你快走，我想办法脱身。"说着，急忙将木板盖在窖口上，挣扎着爬到窑门口，才发现众匪徒早已散开，一边放枪，一边向山下退去。

严实这才明白，土匪不是向自己或村里人开枪，而是与别的武装交上了火。枪声从周围响起，原来的风暴中心倒显得平静，严实看见岳父岳母躺在树下，还被绳索捆着，就拖着伤腿，摸着台阶下了高窑，挪到岳父跟前，手指往其嘴上一摸，岳父已无呼吸，再摸摸岳母，浑身已经僵硬，岳父岳母已经撒手人寰。严实悲愤地摸出两颗手雷，向匪徒逃跑的山下扔了出去，只听轰轰两声巨响，山下传来匪徒的号叫，他便晕了过去。

5

马怀成一心想歼灭这股土匪，他暗中观察，排兵布阵，想待时机成熟，扎紧口袋一举歼灭，谁料还没有布置停当就生变故。他发现骆金雄举枪对准桃子，便毫不犹豫地打掉了骆金雄手里的枪。可是，匪徒被惊，纷纷举枪射击。骆金雄没有伤着桃子，严实却被乱枪打中。手握绳索的匪徒弃了吊在空中的杨庆绪夫妇自顾逃命，老两口掉在地上连哼都没哼一声。马怀成见此情景，连发两颗信号弹，二连、三连官兵一齐攻上杨家大院，喊杀声响成一片。骆金雄一看是国军，吓得两腿直不起来，吴师爷连拽带拖把他带离杨家大院，顺着山沟，连滚带爬，逃之夭夭。众匪徒一边还击，一边撤退，向骆金雄靠拢。

骆金雄忽然抱头大哭，说："我骆金雄英雄一世，没想到今天要栽到这个黄嘴鸭娃子手里。"

吴师爷安慰说："大掌柜的不必悲观，谁死谁活还没得说。走，南边枪声稀少，又通公路，我们向那边突围。"

骆金雄听了吴师爷的话，重新打起精神，说："弟兄们，给我冲，生死在此一举。"

他们正要冲锋，忽然一个人出现在他们面前，吓得吴师爷瘫倒在地。骆金雄仔细一看，喜上眉梢，说："这不是外甥王确吗？"

来人正是马怀成的副官王确，他立刻捂了骆金雄的嘴说："舅舅，不要声张，跟我来。"骆金雄喜形于色，暗暗庆幸当初送外甥参军是个正确的选择，今天算是用上了。

王确带领骆金雄残部绕过一道梁，交代他们快速逃离，自己立即折回与带来的一连一排战士汇合，与匪徒逃跑的方向偏了四十度，呼喊着冲杀了过去。

马怀成发现骆金雄逃离了包围圈，便下令停止追击，命令士兵打扫战场，却意外发现了王确，极不高兴地说："不守营房，你跑来干什么？"

王确笑着说："我这不是为营座的安全担忧嘛，所以就带了一个排过来增援。"

马怀成不再说什么，他看了看夜色，急忙向杨家大院走去。

战士在清理战场，将被击毙的匪徒和缴获的枪支集中到杨家大院，有七八十个匪徒被击毙，缴获枪支几十支，马怀成的脸上露出了胜利的微笑。忽然，他听到有人呻吟，立即带人过去，发现严实躺在血泊中，一只手伸在前方，似乎在求救。马怀成一摸其气息，说："快，来人，还有救。"话声未落，两个战士抬着一块门板跑了过来，将严实抬上门板，跑步去了医疗点。

马怀成摸了摸杨庆绪夫妇的脉搏，摇了摇头说："可怜哪，一方名士就这样走了。"

打扫完战场，天色已经微明，村子里躲藏起来的村民纷纷围拢过来，看着杨家惨烈的场面，个个脸色凝重，摇头叹息，议论纷纷。

“现在这世道，好人没好报。”

“土匪太可恶，不去打日本鬼子，却抢起老百姓来了。”

“这官府不知道是干啥的，只知道要粮要钱，不管老百姓死活啊！”

马怀成说：“乡亲们，我马某来迟，让大家受惊了。杨老先生一家遭此横祸，我不胜伤悲。弟兄们，厚葬杨家遇难者。被击毙的土匪也埋了吧，人死为大，埋了早脱离罪孽。”

战士们开始清理尸体，村民也加入其中。看客中，两个买卖人模样的大汉互相递了一下眼神，悄悄离开了人群。

再说桃子，她被严实推进地窖后，挣扎着想爬出来帮助自己的丈夫，但严实从上面压了木板，她再使劲也推不开。外面响起了激烈的枪声，知道土匪要攻进来了，她没有选择，只好在漆黑的山洞里奔跑。渐渐的，听不到枪声了，但黑暗的恐惧又袭上心头，她顾不得多考虑，只有向前，前面才有出口，才有出路。她跌跌撞撞地在山洞里钻了两个多小时，终于看见了洞口，一缕晨曦从洞口射进来，她觉得仿佛是从地狱里走了出来，深深呼了一口气，爬在洞口看有没有人。

西北的早春，仍然寒冷料峭。晚上被土匪的枪声惊醒后，桃子只穿了棉袄和棉裤，里面除了一件兜肚，连衬衣也没顾上换。脚上虽然穿着棉鞋，却没顾上穿袜子；头发散乱地披着，连根头绳也没扎。在山洞里还不觉得冷，可是一到洞口寒气直钻脊背。洞外特别寂静，没有虫鸣，连一只小鸟都没有。她拔了几根冰草，将头发扎起来，再看看洞外，洞口在一面绝壁上，离地面足有一丈多高。她想待在里面，等到中午再溜回去看动静，可是怕土匪搜索上来。死，她倒不在乎，她怕这群恶魔脏了自己的身子。想到这里，她还是钻出洞，闭着眼睛跳了下去。

一出洞口，她就后悔了，可是再返回去，没有支撑，她爬不上那洞口。想躲在山坳里避避风，可是，寒冷不容她停留。她不敢回去，只好向远离家乡的方向走，一步都不敢停留。即使不被土匪抓住，也会冻死在这寒冷的春天里。她由走开始变为小跑，这样身子才会暖和些，她希望能看见一个村庄，哪怕一户人家也好。可是越往东，越看不到人家，到处是起伏的山峦、沙丘、盐池和碱滩。偶尔，有小兔子从枯草蓬中窜出，吓得她心跳半天。她身上的绸缎棉袄已被蒺藜划出几道口子，棉花露了出来，在风中摇曳。鞋里面灌满了沙子，脱下来磕了磕又穿上，然后继续前行。她想起了父母，想起了严实，想起了和严实在一起的幸福时光，想起了新婚之夜。突然，她掉转头，朝家乡的方向奔去，因为她想明白了，死也要和父母死在一起，死也要和自己心爱的人死在一起。

她奋不顾身地向回跑去，跑着，跑着，一个踉跄，滚下了沙丘……

6

骆金雄在王确的帮助下，率领百十个残部突围了国民党部队的包围圈，一口气未喘便直奔黑鹰峡。

骆金雄走后，胡三贵便想起了前几天在梨花沟的奇遇。那天他正侍候马匹，骆金雄走进马厩，摸了摸棕色骟马，对三贵说：“小棒子，想不想跟着爷出去开开眼界。”

三贵一听掌柜的要带他出去做生意，心里非常高兴，说：“只要掌柜的肯带我，我就去。”

骆金雄说：“以后出门在外叫我骆爷，方便些。”

三贵想：只要带我做生意，叫什么都行。

骆金雄指着马厩里一匹枣红儿马，说：“那就是你的坐骑，还有这把马刀，都是你的了。”

三贵骑上马，在空中挥了挥马刀，感觉很威武。骆金雄说：“第一次做生意，跟我近些，我干什么，你就干什么，千万不要含糊。”

三贵模仿土匪的腔调说：“唯骆爷马首是瞻！”

入夜，月黑风高。骆金雄带领数十匹马出发了，三贵小心翼翼地跟在后面。路过青石峡，骆金雄打马飞去，众骑尾随其后，萧关古道腾起一股烟尘。三贵第一次驰马萧关，感到无比快意。

马队进了梨花沟，骆金雄勒住了马缰，说："大家下马，裹蹄！"众喽啰立即下马，将早已准备好的布袋套上了马蹄。三贵不明白，做生意还有这么多讲究。骆金雄说："告诉你小棒子，我们是棒客，就跟麦客、掮客、侠客、剑客、门客、说客、旅客、食客一样，我们做生意就是用棍棒和马刀说话，这是雅称。通俗讲，我们就是土匪，就是打家劫舍。"

三贵一听说当土匪，立刻面如土色，语无伦次地说："我，我不，我不会当土匪。"

骆金雄嘿嘿一笑说："傻棒子，由不得你了，走！"三贵在马队的裹挟下，直去梨花沟。到了梨花沟口，骆金雄让大家隐蔽起来，派了两个小喽啰摸进村里打探情况。

骆金雄怕村子里有驻军。前几天在火龙沟发财，就遇上了不知番号的部队，还没有动手，就被一阵机枪扫射，将骆金雄他们打了回来。因为马儿壮实，才拣回一条命，这次骆金雄特别小心。

不一会儿，探子回来说："村里没有部队，快速突击。"骆金雄一挥马刀，马队直扑梨花村。

吆喝声，砸门声，惊醒了酣睡的村民，梨花村立刻传来哭爹喊娘的声音。有准备的家户，弃了家园，逃进了地窨子。来不及逃走的女人和老人钻进柴火堆或草垛。

三贵心惊胆战地跟在骆金雄后面冲。骆金雄挥舞着马刀，左刺右劈，希望能找出几个活人来。

忽然，骆金雄发现一堆玉米秆里有响动，就挥舞马刀冲了过去。黑暗中，三贵借着火把的亮光也发现了玉米秆堆里有一对母女在瑟瑟发抖，小姑娘的黑眼睛睁得特别大、特别圆，正盯着三贵看。三贵忽然想起那双黑溜溜的大眼睛是那么熟悉、那么亲切，和桂花的眼睛一模一样。三贵见骆金雄去挑玉米秆堆，情急之中，大喊一声：“骆爷小心！左面。”骆金雄听到喊声，急勒马缰，那棕色骟马嘶叫一声，便向别处奔去。

三贵的头皮都吓麻了，回头一看，那双黑亮黑亮的大眼睛还盯着自己看。三贵勒了勒马缰，追随骆金雄而去。

折腾了好一会儿，棒客们并没有捞到什么好处。骆金雄不甘心，又将村子搜索了一遍，终于将三四十个妇女儿童和老人找了出来，集中到村子一块空地上。

“乡亲们不要怕，我骆某人只为求财，不想害命。大家把东西拿出来，我立马走人。如果大家不配合，我可要开戒了。”

乡亲们不语，狠狠地盯着这帮土匪。三贵躲在人后面，怕人认识他。他从人缝里发现刚才看见的那个小姑娘和她母亲也在人群中，黑亮黑亮的眼睛正盯着自己看。三贵遇见那目光，恨不得有个地缝钻进去。

空地上燃起了火堆，几个匪徒在火堆上烧水。几个小喽啰不知从哪里找来一把太师椅，让骆金雄坐在上面。骆金雄一边喝着茶，一边审视着乡亲们。他见没人说话，就对喽啰说："去把那个花白胡子的老头给我吊起来！"喽啰们立刻上前，将村里最年长的李大爷五花大绑起来，吊在一棵树上。

三贵不敢看，只听见骨头扭扯变形或断裂的声音。场子上很安静，没有人啼哭，也没有人说话。李大爷好像很绝望，无声无息地接受着土匪的折磨。

火堆上的马刀已经烧得通红。骆金雄走过去，将滚烫的茶水倒在李大爷反绑的手上，那麻绳又紧了一圈。李大爷的脸上立刻现出痛苦且恐怖的表情，但还是不说一句话。

骆金雄气急败坏地吼叫："给我烙！"

两个喽啰立刻将烧红的马刀从火堆中取出，恶狠狠地向李大爷走去。乡亲们痛苦地闭上了眼睛，三贵也闭上了眼睛，他不敢看下面的场景。

紧张之际，只听一声嘶鸣，骆金雄骑的那匹棕色骟马飞也似的跑进了院子。三贵赶忙迎上前去，将马接住，拉进马厩，上了草料。刚拾掇停当，骆金雄就在大厅里喊三贵。三贵忙跑过去看，发现骆金雄脸色铁青，坐在八仙桌旁喘粗气。

三贵怯怯地说："掌柜的，我来了。"

骆金雄说："今天你给马喂的是什么？怎么一点也跑不动？"

三贵说："没，没喂别的什么，还是一升豆子半升糠，干草青草对半喂。"

"那你给我说说，今天这畜生为啥跑不动，险些让老子送了命。"骆金雄一改往日的和善，吓得三贵浑身发抖。他赶忙说："我去看看，或许是马儿病了。"

三贵跑进马厩一看，骆金雄的坐骑正在拉稀。三贵明白了，早上添草时，背篓还没放下，那匹棕色骟马就偷吃了几口青草。拉稀，说明马儿肚子疼。三贵没敢说实话，就说："马儿刚吃饱，晚上跑出去天又冷，感冒了。"

骆金雄一听，站起来说："妈的，畜生也会感冒？"

7

马怀成总觉得骆金雄能够逃出重围有些蹊跷，但找不出任何蛛丝马迹，叹了一口气说：“看来老天不灭这小子，算了吧，他逃过初一，逃不过十五，多行不义必自毙，留他多活几天。”说完派人去寻找桃子，他直接去医疗点看严实醒过来了没有。

严实腿部中弹，并未伤着筋骨，只是流血过多，人有些虚脱。见马怀成进来，欲挣扎着坐起来。马怀成说：“不要动弹，好好养伤。伤养好了还要为你岳父岳母报仇呢！”

警卫排长来报告：“没有发现桃子行踪，可能已经逃出本地。”

马怀成说：“继续搜索！”

警卫排长应声：“是！”转身出门。

严实一听马怀成已将岳父岳母安葬，又在帮助寻找桃子，感激而又伤悲，泪眼花花，涕泪俱下，对马怀成说：“长官今日救我于危难之间，日后我定当报答！”

马怀成说：“言重了，保护老百姓是我马某应尽的职责，可惜我们来晚了，还是让你岳父岳母走上了不归路，你的新娘子也失踪了，惭愧，真是惭愧啊！”

严实说：“有劳长官了。”

马怀成明白他说的是桃子的事情，便说：“我们一定尽力。”他忽然想起什么，问严实，“要不要告诉严老先生？”

“不不不，暂时不要告诉他这里发生的一切，等我腿好些，找到了桃子再说。”

“悉听尊便！”说完，又安抚了几句，出门去查看部队伤亡情况。

杨家大院门外是一片平整的开阔地，两个连的战士正在列队。见营长到，两个连长跑步过来报告战况：“击毙匪徒九十七名，缴获枪支一百一十三支，子弹千余发。我方轻伤三人，已做处理。”

马怀成脸上露出难得的微笑，说：“吩咐下去，每人赏大洋三块，中午饭牛肉炖粉条，管饱管够。”

士兵们欢呼起来。马怀成独自登上杨家坳的最高处，举目远眺，寂静的红寺堡平原横卧在牛首山和烟筒山之间。远山薄雾弥漫，黄河若隐若现，让他思绪万千。

马怀成出身贫寒人家，但父亲早年中过秀才，虽穷但家里仍有书墨飘香。为了让儿子有出息，马怀成的老爹甘愿斯文扫地，替商户人家做账房先生，供儿子读书。马怀成从小聪慧过人，学习刻苦，但鬼使神差，中学毕业后报考了黄埔军校，入十二期步兵科学习。抗日战争爆发，他提前毕业，分到第三战区任职，不到三年便升任上尉连长。正当他踌躇满志的时候，上峰却命令他围剿新四军。那一年，他在皖南真正知道了什么叫血流成河，什么叫尸横遍野。他不明白，读了那么多年书，为的就是杀中国人？他想不通，便谎称老爹老娘有病需回家探望，一去便不复返，经朋友引荐，进了马家军。后来第三战区调查此事，只因都是国军编制，加上战事纷乱，就没有人纠缠此事。

马怀成，字子实。虽说与马家军的最高长官同姓马，却不是一家。派系之争最后的结果，马怀成只能到罗山脚下这个百里荒无人烟的地方来当个小小的营长。

营长也罢，他把官位看得很轻，只要能保一方平安，他就心满意足。可是，在他的辖区仍有人打劫，还有人死于非命，这让他心中老大不快。

更让他郁闷的是日本人正在华北平原烧杀抢掠，并将魔掌逼近太行，数百公里之外打得火热，自己却在这里虚度光阴。他曾要求去绥西抗战，却被马副司令臭骂了一顿，还背了一个“有野心”的罪名。

马怀成正在凝思遐想，王确跑来报告：“报告营座，杨掌柜夫妇已经埋葬完毕，杨桃子下落不明，请指示！”

马怀成说：“就这样吧，回营！”

王确说：“是！”立即返回集合部队。

马怀成走到队伍前面，说：“一连一排和二连回营待命，三连留下，驻守在这里，以防土匪反扑！”

三连长极不情愿地应了一声："是！"

马怀成说："把兄弟们留在这里，我绝不会亏待。从今天起，三连每人增加一元军饷，伙食增加二成。但我把话说在前头，我们驻扎在这里，是保护老百姓的，任何人不得以任何借口向老百姓索要财物，违者军法惩处。若发现匪情，要勇敢出击，并通知营部，我会立即驰援你们的。哦，对了，再打探打探杨桃子的下落，有消息立即来报。"

王确干咳了两声，说："我补充两句，最近我们发现这一带有陌生人来往。恐怕与延安的共产党有联系。我们一方面要防止土匪，但更重要的是要防止共产党的渗透。如果发现形迹可疑人员，绝对不能放过。要报告，报告属实的，马副司令有奖，抓住共产党的密探或可疑分子的，还要重奖！"

王确清了清嗓子，准备继续演讲，马怀成说："还有完没完？就那么一点意思，讲明白就行了，走！"

王确自觉没趣，嬉皮笑脸地说："攘外必先安内，委员长可是不厌其烦地讲，我们哪敢松懈！"

马怀成不再理会，对躺在担架上的严实说："山路崎岖，担架不好抬。还是骑我的马回营，那里条件比较好。"

严实的眼眶里早已蓄满了泪水，他哽咽地说了声："谢谢长官！"便无力地垂下了头。

马怀成班师回营，一路民众夹道迎送。马怀成觉得当兵数年来，今天才有了军人的自豪和威武，便不停地向民众挥手致意。王确从后面追上来，脸上堆满了恭维，说："营座这次剿匪有功，何团长定会嘉奖您。”

马怀成乜斜了王确一眼，说：“分内之事，哪敢奢望上司奖励，不问责就算烧高香了。回去以后，立即整理一个材料报上去，能为弟兄们讨几个赏银也就知足了。”

“是！我回到营地立马去办。”王确说。

马怀成说：“可我总是想不明白，我们的口袋扎得那么紧，怎么还让骆匪逃了呢？”

王确说：“这里面肯定有鬼。不过，来日方长，那些乌合之众迟早是营座的刀下俎肉。”

两个人说着，部队已经到了营房。马怀成准备下令解散休息，却发现两辆军用吉普车从大漠边际驶来，便对王确说：“先别解散，列队等候，看长官有什么训示。”

王确应声：“是！”便去整顿队列。马怀成瞅着由远及近的军车，不知道是吉还是凶，一脸茫然。

8

太阳已经挂在了当头顶，早春的太阳虽然热力不济，但毕竟日上中天，比起清早暖和了不少。荒凉寂静的灵盐台地上走来两个人，一胖一瘦，一高一矮，都穿着灰布棉袍，头戴毡帽，脚着双梁贡呢棉鞋，肩上挂着褡裢，一摇一摆地由西向东走来。

走在前面的瘦高个子就是八路军某独立团一营侦察连副连长刘茂林，走在后面的矮胖子是侦察员徐维明。二人主仆打扮，俨然一对闯荡江湖的商人。他俩化装成这个模样是为了与中共陕甘宁地下党组织接头，传达中央首长指示，顺便侦察国民党在当地的驻军情况，路过杨家坳已是掌灯时分，便投宿在村中马六五家中。不料，半夜遇上土匪，便和马六五一家钻进山中避难。早上目睹了杨家血案，怕留在村子被人追查，便悄悄离开，准备返回延安复命。

高个子人瘦腿长，步履轻快，后面的矮个子小跑跟随，气喘吁吁。刘茂林不时回头看看徐维明，说："以后出来，我再也不带你了，走路连掌柜的都跟不上，怎么侍候老爷？"

徐维明也不示弱，说：“掌柜的，兔子跳三跳还歇一歇呢。你看都走了四五个钟头了，骏马也得吃口草，是不是？”

“呵呵，当初你小子是怎么保证来着，现在却㞞起来了，真是三斤鸭子二斤嘴，光长了一张会侃冒撂的嘴。再坚持一会儿，到了花马池再休息。”刘茂林说着，头也不回地往前走。

徐维明取下水壶灌了一气，攒了攒劲儿，快步追上刘茂林，一把将他拉住，说：“连长，我的好连长，歇一会儿，吃点干粮再走吧！”

“别连长连长的，叫我刘掌柜。”刘茂林瞪了徐维明一眼说，“不怕别人听见似的。”

“荒郊野外，连个人影都没有，谁听得见哪？”

话音未落，沙丘那边腾起一阵尘土，一群荷枪实弹的国民党骑兵吆喝着冲了过来，将他们二人团团围住。

领头的是一位连长，从衔章就可以分辨出来。他问：“干什么的？”

刘茂林回答：“做生意的，老总好！”说着，赶紧从口袋里掏出一绺六七寸长的“白布条”让那骑兵连长看。那是宁夏省政府发的国民身份证，连长看了半天，将信将疑地甩给他，说：“路上有没有发现一个女人？”

“没有。”刘茂林和徐维明几乎同时回答。几个士兵下马，搜了两个人身体，没有发现可疑之物，便上马向前奔驰而去。

徐维明抖了抖手中的白布条，说：“他娘的，这个还管用。”

刘茂林说：“这是宁夏省的创举，全国就此一家。”

徐维明说：“和日伪发的良民证差不多。”

刘茂林说：“功能是一样的，但本质不同。”两人边说边绕开大路，向一条人迹罕至的便道走去。

翻过一座山峁，徐维明忽然惊叫起来：“掌柜的，你看！”

刘茂林抬头顺着徐维明手指的方向望去，在他们前面一百多米的地方有一团红色的东西在沙漠里摇曳，格外显眼。他瞅了徐维明一眼，两个人一起向那团红色飞奔而去。

到了跟前，才看清是一个人，一个女子。刘茂林将手放在女子鼻子前试探，还有微弱的气息：“还活着，赶快救人。”

徐维明立即解下水壶，将那女子扶起来喂水，又从口袋里掏出两粒药片喂了进去。刘茂林脱下自己的棉袍给她盖上说：“看来她是冻坏了！”

看到这个女人，刘茂林想起了那队人马寻找的女子，但不能确定，因为他只听说有这么一个女子逃出了杨家大院，却没有见过本人。是不是她，无关紧要，救人要紧。刘茂林让徐维明将昏迷女子扶起，自己蹲下去，将她背在背上，说：“去花马池陈守信家，把她救活再说。”

刘茂林背着那女子一路小跑，徐维明在后面紧追，刚开始还穿着袍子，到后来他干脆脱了袍子追赶仍累得汗水涔涔。刘茂林看着徐维明的样子，不觉好笑，想停下来让他喘口气，可是一想到背上的女子还在昏迷之中，便顾不了那么多，加快脚步前进，将徐维明撂下一大截。

突然，后面传来一声惊叫，刘茂林下意识地回头观望。

这一望不要紧，可吓坏了刘茂林。后面五十米开外，徐维明一边惊叫，一边狂跑，在他身后百米左右，两只狼一前一后，号叫着向他扑了过来。

刘茂林立即放下那女子，迅速从褡裢里摸出一把匕首，急忙返回迎接徐维明。徐维明已经感觉到了狼的气息，它们呼啸着，号叫着，向自己逼近。刘茂林大喊一声："趴下！"徐维明便一个跟头栽进了沙窝。两只狼发现猎物倒地，竟然放弃了捕获，而是继续向前攻击，刘茂林使出全身力气将匕首投了出去，只听嗖的一声，匕首直插前狼头颅，它号叫一声栽倒在地。后面的狼发现同伴倒地，立即收住脚步，围着同伴的尸体向天吼叫。刘茂林一把匕首出手，已是赤手空拳，他正思谋准备徒手与狼相搏，只听砰砰两声枪响，那头狼便翻下山丘，飞也似的钻进了大漠。

刘茂林惊魂未定，却见一位老人手握双筒猎枪向自己走来。近前，刘茂林一看，高兴地跳起来，来人正是陈守信，他顿时无力地瘫坐在地上。

徐维明听到枪声抬起头，发现狼不见了，就急忙向前追赶过来，到了跟前，大家对刚才的一幕还心有余悸。陈守信说："狼这东西就喜欢攻击活动的猎物，你装死，它可能对你没有任何兴趣，除非是饿狼。"说着，便去拖那只死狼。

徐维明去帮忙，他摸着狼粗硬的大尾巴，暗暗嘀咕："好险哪！"

陈守信拔掉匕首，说："刘兄好身手啊！"背起死狼，说，

“走，我们回家！”

刘茂林说：“还有一个呢。”

陈守信说：“那个早跑了。”

刘茂林说：“我说的不是狼，是人。”

陈守信这才看清地上躺着一个女子，说：“我没细看，还以为是你们带的啥物件呢！她是谁？”

刘茂林说：“我们也不知道，她昏迷已经很久了。”

陈守信说：“快，快走！兴许她还有救。”

刘茂林重新背上那昏迷女子，向花马池方向飞奔而去。

夕阳把他们的影子拉得很长，很长。

9

骆金雄从杨家坳回来，一清点人数，火冒三丈。一个铜板都没捞到手，还折了几十个弟兄，将吴师爷和刘丕臭骂了一通，然后钻进自己的穴窟里抽起了大烟。

骆金雄的姘妇邢牡丹正在梳洗打扮，她抓起一把粉使劲往脸上涂，希望自己黝黑的皮肤显得白嫩一点。骆金雄经常晚上出去，只有到了白天才和这位号称黑牡丹的女人亲热一番。这邢牡丹比骆金雄小十来岁，虽然脸黑，但身段凹凸有致，颇有几分姿色。三年前，她和丈夫一起投奔骆金雄门下，打杀抢夺，积极而又卖力，深得骆金雄器重。一年前，在张家塬的一次行动中，邢牡丹的丈夫被村民的土枪打死后，她便和骆金雄明铺暗盖起来。邢牡丹心毒手辣，手段了得。骆金雄称她为黑面点心，样子虽不好看，但可口。

自从骆金雄和邢牡丹姘居之后，他和二掌柜的及吴师爷的关系逐渐冷淡起来，好多事情他只和邢牡丹商量，这让二掌柜的和吴师爷很是不快，一直想找个机会除掉她，可无奈大掌柜一手罩着，他们也只能消极观望和等待。穴窟内传来邢牡丹暧昧的声音，惹得外面的匪徒热血膨胀，他们三个一伙，五个一堆，谝起了骚传。二掌柜的冷笑着摇了摇头，走到吴师爷跟前耳语了几句，便提了枪，出了黑鹰峡。

骆金雄心中恼怒，但经不起邢牡丹的百般诱惑，与她鬼混在一起。一番云雨之后，骆金雄躺在皮榻上望着洞顶出神。

邢牡丹说："屁大点事，就把你愁成这样了，真没见过世面。"

骆金雄瞪了邢牡丹一眼，说："你知道个啥，一夜之间就折了八九十个弟兄，那是将近一个连的人和装备，我能不心疼吗？"

"我说不要光盯着那些大户人家，你偏不听。看看二掌柜的和吴师爷给你出的馊主意，偷鸡不成还蚀了米。要是听我的，你现在吃香的喝辣的都顾不来呢！"

"你那主意也不怎么样，你说那些穷鬼能榨出几滴油？"

"你看现在什么世道，国军到处抓丁派粮，共产党到处在打土豪，这市面上还有几个富的。即使有钱的人家，也是有权的，人家也有枪，能让你随便得便宜吗？"

"说的也有些道理，下一次你出去踩点，我按照你说的做。"骆金雄说着说着迷瞪瞪地睡着了。

邢牡丹咬牙切齿地说："要是老娘去，非剁他们几个手指头回来不可。"

胡三贵一边给马添草，一边想心事。匪窟内的歹徒正在讲昨天晚上的事情，勾起他在梨花沟的那一幕。

骆金雄正在拷问李大爷，忽然，山沟里响起了呐喊声："打土匪了！打土匪了！”几声枪响过后，从沟脑传来一个声音：“一排向左，二排向右，不要让土匪跑了。”紧接着便是杂乱的脚步声和哗啦哗啦拉枪栓的声音。

这一惊不要紧，只见骆金雄从椅子上跳起来，甩了茶壶，大声喊：“尕娃们，撤！”众喽啰立刻翻身上马，甩出去几颗手雷，便吼叫着奔向沟口。

三贵被突如其来的喊杀声吓得尿了裤裆。他回身找马，马却不见了。他撒腿就跑，耳边只听见石头、瓦块飞来的呼啸声。他跳下一个土坎，绊了一跤，刚爬起来，小腿上挨了重重一棍，再也爬不起来。紧接着便是两只有力的大手将三贵提了起来。沟口方向，土匪们早已逃之夭夭。

土匪们在慌乱之中扔出的手雷都没有拔掉拉环，一个都没有爆炸。刚才喊打的是李大爷的儿子和村里的几个小伙子，他们并没有枪，也没有部队，只是看到李大爷受刑时，想出的一计，那几声枪响其实是放到铁皮桶里炸响的爆竹。

三贵第一次出来做生意，没想到是去抢，更没有想到的是会被抓。三贵又羞又愧，不敢看梨花沟的乡亲们。

村民听说抓住了一个小土匪，都涌上来，一顿拳打脚踢。三贵默默地忍受着，他想，让乡亲们打死也不会埋怨乡亲们的。

忽然，一个稚嫩的声音传来：“别打了，别打了，他是好人。”

三贵抬起头，那双黑亮黑亮的大眼睛正看着自己。

审讯是少不了的。村子里人一问，三贵把一切都说了。村民看到他只是一个十七八岁的穷小伙，相信了他的话，好茶好饭招待他，帮他养伤。几天后，他的腿好利索了，村民就放了他。临走时，他跪在那位在柴火堆旁邂逅的母女跟前，重重地磕了几个响头。那位母亲也感谢三贵的救命之情，临走还给他包了几个黑面窝窝头。

三贵头也不回地跑出了沟口，他怕再看见小姑娘那黑亮黑亮的眼眸。

三贵蹲在马槽边想心事，不知什么时候斜眼子刘丕过来蹲在他对面，目不转睛地盯着三贵看。

三贵想起那小姑娘的黑眼睛，心里就堵得慌，索性站起来准备去给马刷痒，抬头却发现斜眼子盯着自己，便没好气地说："看什么看？俺又不是黄花大闺女，瞧你那样子，还留着哈喇子。"

刘丕是个没人待见的主儿，群匪中最数他糟孽（可怜），谁都欺负他、取笑他。高兴的时候把他当猴耍，寻他开心；倒霉的时候把他当球踢，找他出气。可刘丕生来就是贱种，挨打受气不长记性，还一肚子坏水，总爱在骆金雄面前出坏点子，那些损点子有时连骆金雄都想不到，他却说得有理有据，颇得骆金雄几分赏识。三贵从不拿刘丕取笑，他懒得和这种流里流气的下贱坯子说话，可不知道为什么，刘丕却经常黏着三贵。

三贵厌恶地走开，刘丕却上前拉住三贵的手说："兄弟，我知道你想啥。"

三贵问："想啥？"

刘丕的斜眼窝里露出一丝阴笑，说："你以为我不知道，你想着桂花那丫头哩！"

三贵没好气地说："去去去，关你屁事。"

刘丕讨了个没趣，歪着头对着三贵离去的背影说："他娘的，咱的热脸贴在了人家冷屁股上了，好心没好报。哼，你小子，有你哭的时候。"

刘丕边骂边往外走，却与从外面着急火燎而来的二掌柜撞了个满怀。

10

两辆军用吉普在营房门前嘎吱停下，车上走下两个人。马怀成赶忙迎上前去，立正、敬礼完毕，说："不知长官驾到，有失远迎，还望恕罪。"

来人是马怀成的顶头上司团长何希文，另一位他不认识，但从架势看，官衔并不比何希文低。

何希文介绍说："这位是宁夏党部党务处林处长。"

马怀成上前敬礼、握手，连说："欢迎，欢迎，欢迎团长和处长视察指导。"

林处长呵呵一笑："谈不上指导，只是随便看看。贵军虽属十七集团军，但在我宁夏地界驻防，本处长还是有义务来看望看望弟兄们的。"

其实，林处长一开口，大家都明白，他是来争权的。马怀成说："我营将士列队完毕，请长官检阅。"

何团长和林处长挥手向部队致意，互相问好后，便进入营部座谈。何团长说："兄弟还真有两下子，部队精神面貌很好啊！"

马怀成说：“谢谢长官，是长官教导有方。”

何团长笑着说：“兄弟是越来越会说话了。”

马怀成说：“报告团长，我营昨天晚上与土匪骆金雄交上了火，击毙匪徒九十七名，缴获枪支一百一十三支，子弹千余发。”

何团长转过身，惊讶地问：“有这事？为什么不报告团部？”

马怀成说：“我们刚刚回营，还没来得及报告，请长官恕罪。”

何团长说：“情有可原！情有可原！你们赶快整理材料上报，我请求战区长官嘉奖你。”

林处长不冷不热地说：“小兄弟取得这么大的战果，可喜可贺！不过，我个人有个想法，说出来不知道妥不妥？”

何团长说：“都是自家人，但说无妨。”

林处长说：“抗战爆发已经五六年了，最近太平洋战事爆发，日本鬼子已无暇顾及东南亚战场，他们的攻势已是强弩之末，再加上有太行山的天然屏障和晋绥军的抵抗，日本人是不会打到我们这里来了。目前，为了抗日，国共两党联手对外，可是一旦日本人战败，我们的敌人就是共产党了。所以，我宁夏兵团和贵部将来就是保卫西北的重要军事力量。当然，我们还得学习共产党的那一套，凡是能拉拢到我们这一边的社会武装，我们尽量采取怀柔政策，让他们归顺。比如，贺兰山上的郭栓子，省主席已经向他伸出了橄榄枝，围而不剿，待时机成熟，他们自然会投靠我们这一边的。至于骆金雄匪部，我看还是怀柔一点好。”

马怀成一直听着，心中涌起无限不快，几次想打断，但都被何团长用眼色制止了。待林处长讲完，何团长说："处长训导的是，我们目前就是要不断发展和壮大自己，还要刻苦练兵，维持好地方社会治安。"

林处长说："目前，我宁夏兵团主要在金积、灵武和银川以北，贵部在中卫、中宁、红寺堡一带驻防。但花马池、定边一带有八路军留守兵团存在，那可是由红二十九军改编的一支劲旅，同时在罗山、预旺、下马关一带有游击队存在。中共地下党在这一带活动猖獗，我们不得不防啊！"

何团长说："处长所言极是，我们将召开专门军事部署会议，加强对陕甘宁三省交会地区的军事战略部署，请转告省主席，让他尽管放心。"

马怀成说："有一事，不知当说不当说？"

何团长说："但说无妨！"

马怀成说："我们昨天夜里虽然重创骆金雄部，但本地乡绅杨老先生夫妇还是被害。他们的女儿下落不明，女婿严实被我部搭救，正在治疗，如何处理，请团长示下。"

何团长说："遇难的是杨老先生？哎呀，好人哪！"

林处长说："生逢乱世，死个把人算得了啥？死就死了呗。"

马怀成说："报告长官，严实乃宁夏省教育厅督学严国玺之子，我们是否通知其家人？"

林处长一惊，说："你再说一遍。"

何团长说："昨天遇害的是严督学的亲家，他的公子被我们救了。”

林处长站起来说：“哎呀，没想到是这个老家伙遭殃了。哦，对了，严国玺现在是教育厅长了。这老家伙平时总和我唱反调，不阴不阳的。特别是那个严实，留法硕士，民主倾向严重。我看这事不但要尽快通报，还要大力宣传，不妨把这笔账算到共产党头上，把严实拉过来，为我所用。”

何团长说：“这恐怕不妥吧？”

林处长说：“有什么不妥？非常时期，要有非常手段。我就不信，严老头不计弑子之仇。好了，这事我回去通报，你们只说是不明武装分子所为，你我口径一致就行了。”

送走何团长和林处长，马怀成陷入了长久的沉思。他不明白，外敌还在中国大地上烧杀抢掠，而政府却准备与共产党争权夺地，真是不可思议！

严实已从惊恐中逐渐恢复过来，一想到自己新婚之夜遭此黑手，不免悲愤交加，无奈腿上有伤不能动弹，只好躺在床上流泪。他从小在父母的荫庇下，上学、留学、回国、结婚，一路平平顺顺，却在大婚之夜，岳父岳母惨死在土匪手中，新婚娇妻也亡命他乡，不知所终，这难道是命运吗？他恨那些不通人性的禽兽，也怨恨自己无能，连家人都保护不了，还有何面目活在世上。想到这里，他拔掉手腕上的针头，不顾一切地跑出门外，准备寻找土匪拼个鱼死网破。可是，刚一抬脚，就重重地摔倒在门外的台阶上。

马怀成处理完公事，准备去和严实唠唠，刚转过来就发现严实躺在地上呻吟，便大喊："医生，医生，王军医呢？"边喊边去搀扶严实。在另外一个屋子救治伤员的王军医听到喊声，飞跑过来，见此情景，立即上前和马怀成一起将严实重新拖到床上。

王军医有些害怕，马怀成见军医忙着救治伤员，也不再训斥，只对王军医说："专门派个护士来，照顾严先生。"然后对严实说："你现在就是好好养伤，不要太难过。死的已经死了，我们已妥善埋葬。你的夫人虽然下落不明，我想她肯定还活着，我们的人在到处寻找，说不定一两天就会有消息。"

严实被马怀成的关心所感动，一把拉住马怀成的手说："大哥，你是我的亲大哥，大恩虽不言谢，但你对小弟的这份情谊，小弟没齿难忘，待伤好后，小弟一定报答您的救命之恩。"

马怀成说："不要说这些了。马某虽为行伍，但对读书人特别喜欢，你我为难之际相遇，也是一种缘分，好好养伤，日后我们再叙。"

严实说："大哥军务繁忙，就不要再操我的心了，我会听大哥话的。"

"好好好，这我就放心了。"马怀成告别严实出门，屋内又传来呜呜的哭声。马怀成在门外站立了一会儿，若有所感地摇了摇头，径直向练兵场走去。

11

杨桃子终于从昏迷中清醒过来，睁开眼睛却发现自己躺在温暖的炕上。她看了看四周，一间不大的房子里，墙壁上挂满了各种兽皮。再摸摸身上的衣服，逐渐想起了那热闹的婚礼、半夜枪声和地窖，想起了父母被骆金雄吊在树上的情景，心中悲切，哇的一声哭了出来。

哭声惊动了屋外的人，陈守信的老伴梁春娥第一个冲进屋内，喜滋滋地说："醒了，终于醒了。"

刘茂林、徐维明和陈守信一齐挤进小屋，桃子本能地向炕里面蜷缩过去。

梁春娥说："孩子，别怕，他们都是好人。"

桃子惊恐地说："我怎么会在这里？这是什么地方？"

梁春娥指着刘徐二人说，"是他们俩救了你。你已经昏迷六七天了，我看过了，姑娘你没受什么伤，主要是饿的冻的，现在醒了，吃点热乎的就会好起来的。"

三个男人站在一旁只是傻笑，桃子抬了抬胳臂，在炕沿上磕了一个响头，说："谢谢叔叔伯伯救命之恩。"

梁春娥笑着说：“哪里啊，就我们那老头子还可以给你当叔叔，他们俩比你大不了多少。”

刘茂林、徐维明几乎是同时说：“叫我们大哥就行了，我们还没那么老。”

桃子细看，站在前面的两个人虽然胡子拉碴的，但脸色红润，确实还带着几分稚气，就连声说：“谢谢大哥！谢谢大哥！”

梁春娥说：“还不端粥去。”

三个男人急忙出了房门。

梁春娥问：“姑娘是哪里人，叫什么名字，怎么落到荒郊野外的？”

桃子说：“一言难尽啊！我是大罗山下杨家坳杨庆绪的独生女，小名桃子。六七天前我和丈夫完婚，不料新婚之夜遭到土匪抢劫，我只身逃了出来，父母和丈夫生死不明啊！”

梁春娥愤恨地骂道：“这年月，这死不到好路的土匪。”

刘茂林盛了一碗粥给桃子端进来，听到桃子的诉说，大吃一惊，说：“你就是桃子，杨掌柜的大小姐？”

桃子问：“怎么，你认识我爹？”

刘茂林说：“你爹我们倒不认识，但你们家的遭遇我们知道一些。”

桃子急切地问：“我爹他们到底怎么样了？”

刘茂林怕引起桃子伤心，吞吞吐吐说不出话来。桃子说：“大哥，你别瞒我，你就把实情说出来，也让我明白。”

刘茂林说：“你刚醒来，身子还很虚弱，等恢复几天再说吧。”

桃子挣扎着跳下炕，站在刘茂林的面前说：“你说吧，我有思想准备。”

刘茂林说：“桃子姑娘，你可要坚持住，他们……他们都去了天堂。”

桃子一声不响地晕了过去，嘴角冒出了白沫。梁春娥一看情势不对，一边急忙掐桃子人中，一边呼喊几个男人把桃子重新抬上土炕。

梁春娥一边呼唤，一边给桃子喂水，良久，桃子又重新清醒过来。刘茂林说：“桃子姑娘，我那天清早也在你们村，亲眼看着那些士兵抬了三个人出去。”

“士兵？”桃子从牙缝里挤出一句疑问。

刘茂林说：“是国民党的士兵，那天夜里来了很多士兵，和土匪交上了火，土匪肯定也死了不少。”

梁春娥说：“别说了，等桃子姑娘恢复些，你们再聊。”

刘茂林退出了房间，桃子一把搂住梁春娥的脖子，说：“我的命好苦啊！我爹我娘他们死得好惨啊！”说着便号啕大哭起来。

屋外，三个男人咬牙切齿地攥紧了拳头。

入夜，几个人都没有睡意，各自脑海里翻腾着几天来发生的事。桃子虽然闭着眼，但父亲与母亲被吊上树干的情景，严实和自己在新婚之夜蜜意缠绵的情景都让她记忆犹新，真应了那句“天有不测风云，人有旦夕祸福”。她不明白自己为什么要逃生，为什么不和父母丈夫共赴黄泉，一了百了。现在，他们都去了，去了的人不会痛苦，他们在天堂里微笑，而把痛苦留给了活着的人。与其痛苦地活着，不如痛快地死去。桃子想到这里，悄悄下了炕，摸到白天就发现挂在墙上的绳子，悄无声息地出了门。

刘茂林也没有睡着，想想杨家坳发生的那一幕，他想到了桃子、野狼和土匪，也想到了首长交给他们的任务。决定明天一早必须赶回部队，部队急需这些情报。可是桃子怎么办？回去，已是家破人亡。走，去哪里？她会跟自己去根据地吗？一连串的问题在他脑海里交织，不觉失眠。

睡不着，尿还特别多。到了后半夜，下弦月升起，夜并不黑，他摸索着穿上鞋，出去尿尿。刚一出门，就发现院子里一个人踯躅前行，吓了他一跳，但很快镇定下来。仔细一看，妈呀，这不是桃子嘛！难道她也去尿尿？他停住脚步，想：人家大姑娘去尿尿，一个大男人跟在后面成何体统。等她解决完了，自己再去。

刘茂林蹲在地上，转过头，怕桃子发现自己，如果让她看见了，多不好意思。过了一刻钟，还不见桃子回来，刘茂林的脑海里浮现出一个可怕的念头。他说声："不好！"便飞了出去。

刘茂林的一句话，让屋内的人都听见了。梁春娥一摸身边，桃子不见了，吓得她脊背出了一层冷汗，顾不上穿棉衣，光着脚跑了出来。住在隔壁的陈守信和徐维明也跑了出来，三人一起追了过去。

出了大门，刘茂林立即发现门外的大树上挂了一个人，他知道那就是桃子。不容多想，三步并作两步上前，将桃子抱住，用头顶了起来。后面追来的三个人见此情景，一切都明白了，不用说话，急忙解了绳索，将桃子放了下来。刘茂林一摸鼻息，还好，人已经昏迷了，但气息未绝，还有生还的可能，便抱起桃子直去里屋。

几个人救治了半夜，桃子总算清醒过来，扑进梁春娥的怀里，直哭得昏天黑地。

刘茂林说："桃子姑娘，有几句话我得说明白。既然我救了你，就要为你负责到底。首先，你不能再寻死。常言说：好死不如赖活着。何况你还年轻，还有许多的事要你去做，所以从今往后你不得再寻短见。其次，我要告诉你我们几个人的身份，我相信你是个善良而有大义的女子，不会出去乱讲的。我和维明是八路军的侦察员，老陈和梁婶都是地下党员，是我们的老交通员。我和维明天一亮就回部队复命，老陈和梁婶还要继续隐蔽下来，完成他们的使命。所以，我想到了你的去留问题。你看，是留在这里，还是随我们去部队，你自己选择。"

桃子以前听说过共产党和八路军，但从来没接触过。以前人家都说共产党如何杀人放火，共产共妻，可自己没见过，权当只是一个传说。现在，活生生的共产党、八路军就在自己面前，让她不敢相信自己的耳朵。但数日来，这几个素不相识的人待她如亲人般，她还有什么话可说。

她说：“共产党、八路军打土匪吗？”

刘茂林说：“我们和土匪势不两立，等赶走日本鬼子，我们再和土匪清算。”

桃子说：“我跟你们去，我要参加八路军，给我爹我娘和我丈夫报仇。”

刘茂林说：“好，我们欢迎你。天一亮，我们就出发。”

12

严实的枪伤很快就痊愈了，身体恢复得很好。严国玺夫妇专程从省城赶来，守护在儿子身边，看到儿子日渐好转，脸上露出了喜色。

严国玺说："看来还是我儿子命大啊！我刚听到信息，差点晕了过去。我们家五代单传，我就你这么一个儿子，要真有个三长两短，我们俩这老骨头还不散了架啊！"

严实说："老爹不必悲伤，我不是好好的嘛！只是我那可怜的岳父岳母，他们死得太惨了。"说着，眼泪就下来了。

严母赶紧为儿子拭去泪水，说："是啊！好人命不长。只是你媳妇儿……"

严国玺说："这年月，兵荒马乱的，死个把人乃司空见惯。"

三口人正说着，马怀成走了进来，严国玺一把拉住马怀成的手说："子实啊，你可是我严家的恩人哪！要不是你，我们爷俩恐怕早已阴阳两隔了，还能在这里说话？我真不知道怎么感谢你呢！"

马怀成说："小事一桩，前辈不必挂在心上。作为军人，救百姓于危难之间，也是职责所系，不要太客气。”

严国玺说：“马营长年纪轻轻，仪表堂堂，谈吐不凡，日后必大有作为啊！”

马怀成笑说：“哪里，哪里，老先生过奖了。”

严国玺说：“马营长的字和犬子的名里都有个‘实’字，如果马营长不嫌弃，我想高攀马营长与犬子结为义兄义弟，不知营座意下如何？”

马怀成说：“那好啊！我正有此意，还想讨教严兄。”

严实说：“愧不敢当，在下学识浅薄，无论资历、地位，还是年龄，我只能喊你大哥，小弟唯大哥马首是瞻。”说着，便要躬身给马怀成磕头。马怀成说：“千万别这样，我们已经是兄弟了，兄弟是手足，日后我们相互照应就是了。”

严国玺说：“好好好，我实在是太高兴了。子实，我看严实身体也恢复得差不多了，我想把他接回去疗养，再说，我也在政府给他谋了个差使，想让他回去上班。”

马怀成说：“好啊！伯父想得可真周到，就看严实弟自己了。”

严实说：“我不回去，我媳妇还没找到呢！”

严国玺说：“有马营长在此为你打探寻找，还要你干什么？听话，我们回去，等你大哥的好消息。”

严实说：“我不，找不到桃子，我哪儿也不去！”

严国玺苦笑一下，对马怀成说：“瞧瞧，我儿子还是个情种呢！”

马怀成说："他们新婚燕尔，也能理解。不过，我有个想法不知道伯父意下如何？"

严国玺说："你说！"

马怀成说："严弟岳父母双亡，埋在此地，不如让他留下来给岳父母上上坟，以尽孝道，同时也打听新娘子的下落。"

严国玺思索了一会儿说："这样也好，不过，我担心他的安全。"

马怀成说："我想让他参军，做我的副官。其实，也没什么事可做，平时出门，他可以带兵。"

严实说："我愿意当兵，跟随大哥驰骋沙场，为我岳父母和我媳妇报仇。"

严国玺说："你乃一介书生，手无缚鸡之力，如何带兵冲锋陷阵？"

马怀成说："我会照顾他的。"

严国玺说："也只能这样了，我就把实儿交给你了。如果没有出息，立马让他从哪儿来就滚到哪儿去。"

一个女护士推开房门，说："该打针了。"发现营长在，赶快躲在一旁。

严国玺说："看来我得回去了，你们忙，你们忙。"

马怀成将严国玺夫妇送出营门，严国玺刚上车又下来了，凑到马怀成耳边说："你可要给我看住了，千万别和共产党搅在一起。"

马怀成说："您放心，我会让他走正路的。"

严国玺的车子腾起一股沙尘走了，马怀成站在便道上沉思了许久。

返回营部，王确早已在那里等候。不等马怀成开口，王确说："听说营座要让严实那小子当副官？"

马怀成说："呵，消息怪灵通的。"

"营座，严实那小子就是个酸秀才，弱不禁风的样子，怎么能当副官呢？"

马怀成没好气地说："就你行？你除了会玩些花花肠子，军事上哪一样让人佩服？好了，以后你们共事，要搞好团结，不要张口闭口小子小子的，那是我兄弟。"

王确说："得罪，得罪，我不晓得他是您兄弟。我以后向他学习，向他学习。"边说边退出营部，一溜烟地跑了。

马怀成望着王确的背影端起桌上的茶杯，将茶水泼了出去，鄙视地说："小人！"

严实打完针，马怀成的勤务兵就送来了军装，帮严实换上。严实对着镜子看了看："这佛要金装，人靠衣装，这军装一穿还真像个军人呐。"

护士小姐一边收拾针具，一边回望了一眼，说："臭美，军人是打仗打出来的，不是穿出来的。你看人家马营长，穿件便服也是军人的样子。"

严实没想到这个平时一声不吭的小丫头，嘴皮子还是挺伶俐的，笑了笑说："你怎么就认为我不像一个军人？"

护士说："打个针都战战兢兢的，要是扛枪打仗还不尿裤子啊！”

严实说：“我不是没挨过枪子儿，就像蚊子咬了一口。”

护士说：“好好好，以后蚊子咬了，别再来找我。”

严实想说什么，还没有说出来，只嘿了一声，护士就已经出门走远了。

严实穿戴整齐，就去找马怀成，一进门就喊：“报告！”

马怀成正生王确的气，见严实进来，眼睛一亮：“哎呀，不错，不错，有点军人的风度。”

严实说：“大哥，我闷得慌，我想回杨家坳，一来给岳父岳母上坟，二来看看驻守在那里的弟兄们，看他们找到桃子了没有。”

“哦，是这样，情理之中，情理之中啊！去吧，我让警卫排派两个人和你同去。记住，你现在是军人，不能感情用事，无论什么结果或出现什么情况都不能蛮干，要和三连长商量。”

“是！”严实行了一个军礼，便出了营部。

夕阳西下，严实和两名警卫员扬鞭催马，向杨家坳方向疾驰而去。

13

骆金雄在杨家坳没有占到便宜，整日愁眉不展，只干两件事，一是喝酒，二是和邢牡丹鬼混。二掌柜的私下外出踩了几个点，都引不起骆金雄的兴趣。对吴师爷和众喽啰不理不睬，整个匪窝死气沉沉，没人敢多说一句话。三贵依然喂他的马，心里想着桂花，不知不觉半个月就过去了。

太阳刚下山，匪窟里忽然骚动起来，大家望去，不知什么时候骆金雄走出了自己的穴窟，全副武装，喜形于色。众匪徒见大掌柜如此，立刻高呼："骆爷好！"

骆金雄站在巨石上，扫视了众人一眼，说："爷最近心情很不好，但今儿高兴。刚才'夜莺'传来消息，杨家坳只有区区一个连驻守。杨庆绪的那个女婿严实已经当了马怀成的副官，今天也去了杨家坳，我们报仇的机会来了！"

"报仇！"

"报仇！"

"报仇！"

众匪欢呼起来，群情高昂。骆金雄说："我们今晚杀回去，你们怕不怕？”

“不怕！”

“不怕！”

“不怕！”

骆金雄说：“好，现在立刻做饭，吃饱了跟爷过瘾去。”

黑鹰峡内顿时冒起了缕缕浓烟。

骆金雄煽动一番后，转到马厩看马吃饱了没有。发现三贵躺在草垛上想心事，抡起马鞭抽了过去：“你个小崽子，不好好侍候爷的马，躺在这里想啥呢？”

三贵不防，重重地挨了一鞭子，惊恐地爬起来，抱起草料就往槽边跑。骆金雄紧追不舍，三贵急忙跪地求饶：“爷，饶了我吧，您看马都喂饱了，不耽误您的事。”

骆金雄看了看那些马，个个肚子圆鼓鼓的，便放下了马鞭，说：“我打的是你小子没出息，去了一趟梨花沟就怕了，今儿去杨家坳，你得去！”

三贵说：“爷，饶了我吧！你看我面黄肌瘦的，跑也跑不动，打也打不动，去了还是个累赘，只要我把您的马养好，一个顶仨。”

“不行！你跑不动打不动，你能吼嘛，戏台子上出来个老将还跟着四个吼娃娃呢，你去吼就行了，给咱壮壮声势。”骆金雄一边说，一边查看众匪备战情况。

三贵知道，骆金雄向来说一不二，这要是硬犟下去，让这位凶神一瞪眼珠子劈了多冤枉。反正自己心里有数，去是去，但不祸害别人，没准还能帮上别人什么忙。

夜幕降临，众土匪早已摩拳擦掌，蠢蠢欲动。骆金雄说：“今天，我们主要是杀人、报仇，专杀官兵，也捎带着把那些帮助官兵的人给拾掇了，千万别贪财，活着就好。”

众匪徒齐声呐喊：“听大掌柜的吩咐！”

骆金雄说：“好，出发！”

一群土匪一改平日咋咋呼呼的气势，悄无声息地出了黑鹰峡。

严实和两个警卫快马加鞭，还是没有在日落之前赶到杨家坳。夜幕下的大罗山像一只蹲在地上的黑熊，狰狞可怕。夜很静，而风又起，嘚嘚的马蹄声在山谷里回响，给肃穆的乡间带来几分神秘和恐怖。

忽然，严实发现在自己右侧的山梁上有黑影晃动，说了声：“不好，有土匪！”话音未落，一声枪响，子弹从头上掠了过去。三人急忙俯在马背上，举枪还击。跑出半里路，发现没人追来，才舒了一口气，但不敢停留，直向杨家大院奔去。

刚才那一枪是刘丕放的，他发现三个骑马的人装束极像军人，立功心切的他就毫不犹豫地开了枪，准备开第二枪时，被骆金雄一鞭子抽在了手腕上。刘丕还没明白过来是怎么回事，骆金雄已经跃马到了自己跟前，怒吼：“谁让你开的枪？坏了老子的大事！”刘丕想申辩两句，还未开口，骆金雄的皮鞭又落了下来，直抽在刘丕的脸上，一股污血立刻从脸颊上滚落下来。

骆金雄说："大家都听着，谁要再私自开枪，暴露了我们，老子就地毙了他。"

众土匪一看这情势，都不敢轻易开枪，趴在地上不动。

骆金雄说："二掌柜的，你带五十个人，我们兵分两路，悄悄潜入杨家坳南边的山坡，隐蔽待命。我带其余人马从北面上去，我们暂时都不要动，刚才刘丕的那一枪，他们肯定已有防备，我们只好改变计划，等到三更时分再动手。记住，谁违抗命令，就地处决！"

二掌柜的带了五十个人按照骆金雄指的方向溜了过去。骆金雄也下了马，将马缰绳甩给三贵，徒步上了北山。

刚才的枪声也惊动了杨家大院的守军，三连长提着驳壳枪亲自到哨位查看情况。几声枪响过后，一阵马蹄声由远及近，哨兵举起了步枪，喝问："什么人？哪一部分的？"

一警卫员听到哨兵发问，急忙喊："三连长，三连长，自己人，自己人！"

三连长和哨兵一听是营部来人，收起了枪，问："是哪位？"

严实说："我是严副官。"

三连长说："哈哈，是王确这小子啊！黑灯瞎火的跑来干什么？"

严实说："我是严实，不是王确。"

三连长说："哪个严实？不会是杨家女婿吧，什么时候成副官了？"

说话间，人已到了跟前，三连长借着火把的亮光，看清了来人就是严实，一身戎装，那领子上的少校衔章格外明亮。三连长脸上立刻堆起异样的笑容："哎呀，士别三日，当刮目相看。几天前的落魄少爷，这么快就混到少校了。惭愧，惭愧，我打了十多年的仗了，才是个上尉。"

严实说："我们刚才来的路上，碰见土匪了，今夜要让弟兄们加强戒备，以防不测。"

三连长说："现在，您是长官，您说怎么办就怎么办。"

严实说："我新来乍到，弟兄们都不认识我，他们是不会听我的。再说，这打仗的事，我还不懂。"

三连长说："我不信，少校副官，不会排兵布阵，谁信呢？"

严实说："三连长，我求求你，赶快布防吧，我听你的。"

三连长说："这还差不多，以后学着点，别拿官衔压人啊！"说完，回头对通信兵说，"通知副连长和三个排长马上到我这里来。"

通信兵立马跑去通知。三连长说："请三位长官到连部休息，相府的丫鬟也是三品官嘛！"

14

刘茂林、徐维明借了交通站的马，带着桃子一路向东，直去军营。尽管山路崎岖，颠簸得桃子直想吐，但她还是很兴奋。一路走村过寨，看到根据地的军民个个面带喜悦，或操练，或放羊，或整理田地准备耕种，到处都是忙碌的身影和欢快的笑声。

刘茂林、徐维明已经换了军装，显得格外精神。两个八路军和一个姑娘结伴而行，引来不少目光，有的甚至放下手中的活计，驻足观望。

刘茂林说："不知道的人还以为咱拐了谁家的媳妇呢！"

桃子脸上腾起一团红云，露出微笑。刘茂林和徐维明半个多月以来第一次看见桃子笑，她的笑容美丽而又甜蜜。刘茂林想：和这么美的女人在一起走路很有精神，眼前的道路似乎比以前宽广，连太阳也觉得比平时明亮了许多。

到了营部，团长和团政委、营长已在那里等候。

刘茂林上前报告、敬礼、握手。几位首长和两位侦察英雄一一握手、拥抱。程团长高兴地说："你们回来得太及时了，我们几个正商量着派人去接应你们，你们就回来了，真是太好了。”

刘茂林说：“谢谢团长挂念！”说着瞟了桃子一眼。

程团长这才发现院子里还有一位漂亮的姑娘，说：“怎么的？搂草打兔子，还把人家姑娘带来了？”

刘茂林说：“人家结过婚了。”

程团长脸一沉：“你小子敢拐骗良家妇女？”

徐维明说：“不是！她是我们路上搭救的一位落难妇女。”

“哦！”程团长快步走到桃子面前说，“老乡啊，受苦了！”

刘茂林说：“她的爹、娘，还有丈夫，都在她的新婚之夜被土匪打死了。”

“哦，有这事？可恶的土匪，这笔账我程某记下啦！等我们消灭了日本鬼子，再和这些土匪算账。”

桃子不知是感动，还是想起了那苦难的一幕，眼泪立刻蓄满了眼眶，说：“首长，我是来参加八路军的，我要报仇！”

程团长说：“好，好啊！我们欢迎你参加人民的队伍，哎，刘茂林，怎么不介绍一下，这位女同志该怎么称呼？”

“我叫桃子，大名只加了个姓。”

程团长沉思了一下：“哦，杨桃子，是这样，我有个建议，你已经是八路军战士了，我建议你重新取个名字。”

“我也有此意，不妨首长给我起个名字吧！”

程团长搔了搔头发，说：“我一个大老粗，还真不知道起个什么，来来来，让杨政委起个名儿，一定好听。”

站在一旁的杨政委被团长点了名，便说："我们俩都姓杨，而这杨字属火而缺水，我看就叫杨冰吧！"

程团长带头鼓掌，其他人也鼓起掌来，弄得桃子一时不知如何是好。程团长说："这个名字好，响亮，你同意吗？"

桃子连连点头，说："我同意。"

程团长说："杨冰同志！"

顷刻，杨桃子才明白过来，大声说："到！"

程团长说："从现在起，你就是一个八路军战士了，叫杨冰。先去洗脸、换装、吃饭，然后嘛，就暂时到团卫生室报到吧。"

杨冰说："我想到作战连队去，我要报仇！"

杨政委说："这是暂时的，过几天会重新安排你的工作。"

杨冰极不情愿地跟着徐维明去了营部食堂。刘茂林看着杨冰远去的背影，心中忽然掠过一丝怅惘。

程团长看刘茂林出神的样子，说："怎么，你也想去？"

刘茂林打了个激灵，说："报告首长，汇报工作要紧。"

程团长说："那好吧，将参谋长、副团长和几个营长全部叫过来，我们听听刘连长的汇报，然后分析一下当前的形势，部署下一步军事斗争。"

杨冰洗了脸，换了装，走出门。徐维明张大的嘴巴一时竟然合不上，半晌才说："哎呀呀，这女大十八变，这杨同志一穿上军装就像换了个人似的。"

杨冰笑着说："像不像个军人？"

徐维明连声说："像，像，简直比那个花木兰还花木兰。"

一群女兵呼啦啦围过来，七嘴八舌地都说杨冰好看。杨冰兴奋地和女兵们击掌，表达着无比激动的心情。

团部简陋的会议室里，程团长站在一幅巨大的军事地图前说："刚才，大家听了茂林同志的汇报，也传看了甘宁地下党组织的信件，再加上我们其他方面的侦察情况，综合起来看，世界反法西斯战争已经转向反攻阶段，日本帝国主义已成强弩之末，在苏、美和我军强大的军事攻势下，日本鬼子已经蹦跶不了几天了，但他们绝不会主动放下武器，一定会做最后的垂死挣扎。另一方面，随着抗战曙光的到来，国民党反动派挤压根据地的方式和方法都有改变，他们明目张胆地和我军搞摩擦，现在国民党第七战区的三个旅驻扎在固原、庆阳一带，甘肃马家军手下的两个军在中卫、中宁、红寺堡、惠安堡驻守，宁夏马家军的十万之众遍布宁夏全境，北有晋绥军，东有日本鬼子，还有各地的小股土匪绿林，各种军事力量犬牙交错，不断对我根据地挤压，时不时与我军发生摩擦。所以，斗争形势越来越复杂。在这个关键时刻，党中央和八路军总部要求我们在固守根据地的同时，要打几个大仗，打掉日本鬼子的嚣张气焰。同时，尽可能团结友军，但谁要搞摩擦，我们坚决予以还击。下面，我们请参谋长具体部署军事行动。"

参谋长走到前面，拿起一根竹竿，指着地图说："我们东北部一百三十公里处的康家庄是鬼子的大本营，最近他们在三百多个伪军的配合下，扫荡了附近数十个村庄，烧杀抢掠，无恶不作，对中国人民犯下了滔天罪行。经请示总部首长，我团和驻守在晋中的部队联合对其进行歼灭式打击，大家有没有信心？”

“有！”几个营长带头高呼，表示响应。参谋长继续进行军事部署，程团长站起来，踱到刘茂林旁边说：“去吃饭吧，吃完了还有重要任务。”

刘茂林站起来，默默行了一个军礼，便出了团部。程团长看着刘茂林的背影，目光中充满了喜爱和赞许。

15

三连长把严实让进设在杨家大院的临时连部，就喊了几个排长喝酒去了。严实在东西厢房转了一圈后，走进了自己的婚房，看着熟悉的家具摆设，不禁悲从中来，摸了摸他和桃子的床幔，那上面还似乎留有她的体香，他扑倒在床上，肝肠寸断，不由号啕大哭起来。

三连长几个正喝得兴起，听见哭声，一排长嘟囔了一句："真他妈的扫兴，连一口酒也喝不成！"

三连长说："来来来，喝酒，情理之中，别管他。"

二排长说："也是啊，将心比心，你小子还不把肠子哭出来。"

三连长说："你我都是草莽之人，感情没那些啃过书本的人丰富。来来来，不说他，让他折腾去吧！"

"好，喝！"几个人碰杯，已经略显醉意。

严实痛痛快快地哭了一阵子，抹干眼泪，整了整风纪，走出新房，直接进了连长室，对正在喝酒的几位说："我本不想打搅各位的酒兴。可是，职责所在，我不得不说。我走的时候，营座将这里的防务督察之责全权交付于我，如果出了问题，我可担待不起。所以，我提请三连长加强戒备，以防不测。”

三连长说：“严副官过虑了，我已经加了双岗，一有风吹草动，我们全体出动，还怕个啥？”

严实说：“我们只有区区四十来人，来三五个蟊贼还能应付得了，要是来个百八十人，我看够呛。”

三连长说：“那依你看怎么办？”

严实说：“今晚月黑风高，正是贼人作恶的好时间，再将我们路上遇到的黑枪联系起来看，我总觉得今晚不同寻常。”

三连长说：“那好吧，全连战士都归你指挥，你想怎么地就怎么地，我歇会儿。”

严实在大院里等了近十分钟，几十个士兵才极不情愿地在院子中央集合。严实说：“我不是难为大家，或许我搅了大家的美梦，但是这样做总比掉了脑袋要好些。不想死的，就按照我说的办，进入一级戒备状态。现在，我命令，全体行动，上山潜伏。”

在三排长的指挥下，连队向山上运动。杨家大院灯火通明，三连长和两个排长依旧把盏畅饮。严实说：“也好，这样也可麻痹敌人。”说完和两个警卫尾随连队上了后山。

骆金雄带着人马摸黑逼近杨家大院，老远发现杨家大院灯火通明，不见有部队活动，心中窃喜，对吴师爷说：“今晚有好戏看了。”

吴师爷说：“还是小心为妙，我怕中了人家的埋伏。”

骆金雄说："先派两个人过去摸摸情况再说。"然后一挥手，斜眼子刘丕带着一个匪徒直奔杨家大院。

过了一支烟工夫，刘丕回来了，说："骆爷，骆爷，太好了，他们正在喝酒。"

骆金雄问："你可看清楚了？"

刘丕说："错不了，要是有个一差二错，您把我的脑袋拧下来当球踢。"

吴师爷说："军中无戏言，你小子可要掂量好。"

邢牡丹挽了挽袖子，对骆金雄说："今晚让老娘打头阵，非拧几个葫芦拿回去当尿盆使不可。"

骆金雄说："时间未到，耐心等待！"

所有匪徒都趴在沟壕里，不敢出粗气。就连骆金雄的坐骑也裹了蹄，套上了笼头。

三更时分，骆金雄一挥手，几十个匪徒向杨家大院包抄过去。骆金雄抬枪打掉了院子中央的马灯，众匪徒一齐举枪射击，顿时枪声响作一团。对面二掌柜的带的人马也开了枪，整个杨家大院像一口炒莜麦的热锅噼里啪啦地响，火药味在院子里弥漫蒸腾。

三连长从沉醉中惊醒，禁不住臊尿淌了一裤裆。两个排长也被枪声惊醒，慌忙拔枪，可是找不到该往哪里打。密集的子弹已经将窗户打得哗啦啦往下掉，三个人急忙躲到一个柜子后面，并将几床棉被苫在上面。

屋外飞来的子弹打在棉被上，烧掉一小块，子弹头便掉落在地上。三连长双手合十，口中不停地念叨："老天保佑！老天保佑！"

严实站在空旷的山梁上思念桃子，脑子里不断闪现桃子靓丽迷人的身影，思绪突然被激烈的枪声打断。他果断命令三排长指挥，集中火力将敌人打回去。三排长刚才心里还在埋怨严实，枪一响，连忙说："严副官乃神明也，兄弟这就去杀他个片甲不留。"

严实跟随部队冲锋，密集的子弹向山下倾泻下去，杨家大院门前的空地上倒下了十几具尸体。

三连长向天祷告间，忽然听到枪声不对，狂叫一声："严副官他们打过来了，我们有救了！"说着，从地上爬起来，提了驳壳枪冲出门，一顿乱射。

骆金雄一看有埋伏，急呼："撤！"提了枪扭头就走。刚跑出去两步，却发现邢牡丹还趴在地上瞄准，回头喊："你不要命了。"

邢牡丹没有理会骆金雄，咬着牙扣动了扳机，只听一声惨叫，三连长像半截麻袋一样重重跌倒在地上。

邢牡丹狞笑着扭头去追骆金雄。

严实率众追至二道沟便停了下来，三排长不解地问："刚过了把瘾，怎么就不追了？"

严实说："穷寇莫追，你看这黑灯瞎火的，再追准没好果子吃。"说完便率部回营，发现两个排长抬着三连长往屋内送，三连长杀猪似的号叫，严实的嘴角挂上一丝不易察觉的冷笑。

骆金雄跑过二道沟西坡，终于与二掌柜带的人马会合，一清点，又少了八九个，恨得把牙齿咬得嘎巴嘎巴响。

他忽然发现人群中没有邢牡丹，便大叫："牡丹——牡丹——"

"催魂呢还是叫丧呢？老娘还没死呢！"邢牡丹从左侧的一片小树林里边骂边走了出来。

骆金雄说："我还以为你个碎婊子吃了花生呢！怎么跑到那里面去了？莫不是逮了个相好的？"

邢牡丹说："还不兴姑奶奶撒泡尿嘛！你们这些男人啊，一听枪响跑得比兔子还快。"

骆金雄忽然记起了什么，急忙喊："三贵儿，三贵儿。"没有人搭理。回头一看，他的那匹枣红马就在身后，缰绳盘在马脖子上。

"他妈的，三贵这狗日的跑了，这王八羔子还不如个畜生。"回头抱住马头狠狠地亲了一口。

其实，三贵在上坡的时候，就悄悄把缰绳往马脖子上一绾，顺着沟道溜了。此刻，他已经跑回到黑鹰峡，钻进匪窟的马厩里，从马槽底下摸出积攒的二十块大洋，直奔桂花家。

16

刘茂林从团部出来，直奔食堂，抓起两个窝窝头就往嘴里塞。确实饿坏了，但为了及时汇报军情，他挨了两个多小时。现在如释重负，便觉得肚子空荡荡的，全身无力，出了一身虚汗。

杨冰倒了一碗白开水，递到刘茂林跟前说："慢些吃，小心撑坏了胃。"刘茂林这才注意到杨冰已换了一身戎装，显得格外漂亮有精神。她那温润的话语使他想起了母亲，想起了母亲举着鱼叉扑向日本鬼子那一瞬。

刘茂林的家乡在胶州半岛上的一个渔村，祖辈靠打鱼为生。1938年的一个黄昏，日本鬼子占领了这个古朴的渔村，见了年轻力壮的就抓，有反抗的就杀。刘茂林和老爹正在收拾渔网，就遭到鬼子兵的追捕，前来送饭的母亲看到儿子被抓，毫不犹豫地举起身旁的鱼叉刺向鬼子的胸膛。后面上来一群鬼子，数十把刺刀刺进了母亲的脊背，也刺进了父亲的胸膛。母亲倒下了，父亲也倒下了，却为儿子赢得了逃跑最宝贵的几秒钟。

刘茂林逃出村子，一路向西，不再回头。三个月后，他被一群头戴红五星军帽的人收留，才知道自己遇上了红军，便成了一名红军战士。打了多少次仗，杀了多少个日本兵，他已经记不清。但他永远忘不了母亲惨死的情景，一想眼睛就发红，恨不得将所有鬼子的头颅都拧下来才能解恨。可是今天，他想起了母亲，竟然泪水盈眶，杨冰温柔的话语触痛了他那久违的温情。

他不顾在场众多注视的眼睛，上前紧紧地拥抱了杨冰。

“哎哎哎，这可是公共场合，注意点影响行不行？”站在一旁的徐维明不冷不热地说。刘茂林这才松开了手，一看杨冰两颊绯红，才发觉自己刚才有些失态。

徐维明绷着脸说：“刘连长，你好歹也是一连之长，怎么就不顾别人的情绪呢？大庭广众之下搂搂抱抱，可是犯纪律的哦。”

刘茂林这才平静下来，说：“对不起，我太冲动了，请杨冰同志原谅。”

杨冰被刘茂林的举动弄得红了脸，但并无怒意。这些天来，他将自己从鬼门关背了回来，无数次为她洗脸、洗脚，都让杨冰感动得痛哭流涕，特别是伏在他宽厚的肩膀上翻过山梁和沟壑，他累得汗水湿透了棉衣，她闻着那汗酸味就想起了父亲，想起了严实。他就像自己的大哥一样，和他在一起就有安全感、温暖感，她从心里已经接纳了这个陌生男人的温情和体贴，笑着说：“刘大哥是我的救命恩人，我一定会跟着大哥好好干。”

看着刘杨二人亲昵的举止，徐维明心里有一种莫名的失落感，叹了一口气溜出了厨房。

山坡上，全团正在集合。数千名战士从不同的窑洞不同的方向往团部前面的坪坝上集中，他们说说笑笑，看起来很振奋。程团长和杨政委也走出团部，也是全副武装，灰色的制服，灰色的帽子，就连裹腿也是灰色的，整个一个银灰色的世界。这灰色让杨冰感动，让杨冰痴迷，特别是那些女兵，一样的齐耳短发，一张张稚嫩的脸庞，精神、干练，似乎每个人心里都充满了希望。

队列已经形成，虽然地势原因导致战士高矮不等，但从行列看却很整齐。程团长和杨政委缓步走到队列前面，各营长依次报告情况。

杨政委清了清嗓子，洪钟般的声音便在山谷里响起。战士们都知道，平时团长的话最多，成天喊着练兵啊，整理物资啦等等，而杨政委很少说话，但每逢大战前夕，杨政委都要发表激情昂扬的动员讲话。政委一开口，肯定有大仗打了，这是战士们最期盼的事。

“同志们，大家肯定已经猜到了八九分，要打大仗了，这是我们热切盼望的大事。当然，我们不是战争狂，我们需要和平，我们也希望和平，但是日本帝国主义不让我们和平，他们在太平洋战场上没有占到便宜，却加紧了对我国的疯狂扫荡，蚕食我领土，屠杀我民众，疯狂残害中国人民。为了打击敌人的嚣张气焰，八路军总部命令我团配合晋中的部队和当地游击队对敌人进行一次歼灭性打击，同志们有没有信心？”

“有！”山谷里几千人的声音在回荡。

杨政委说："当然，我们这次作战，还有友军的支持，我们要特别注意和他们的配合，绝对不能感情用事，要以大局为重，消灭日本鬼子是我们共同的目标。"

"是！听从首长安排。"

杨政委说："我们大部队即将开赴前线作战，这里只留下一个连的武装，一定要和当地游击队、和民兵武装共同配合，坚守我们这块红色根据地，特别是谨防土匪的偷袭和国民党顽固分子的挤压，任务也不轻啊！"

留守一营二连的康连长和游击队张队长说："请首长放心，我们一定坚守根据地，绝不让老百姓遭殃，也绝不给敌人一寸土地。"

"好，你们有这样的决心，我和团长也就放心了。"杨政委说。

程团长说："我们走后，如果有人发难，你们可联系……"下面的话程团长只对康连长耳语，康连长听完，高兴地说："请团长放心！"然后行了军礼跑回了队列。

程团长看了看天色，又掏出怀表看了看，说："可以出发了？"

杨政委点点头。程团长挺了挺身子，准备发布命令，却见刘茂林和徐维明，后面跟着杨冰，三个人气喘吁吁地跑了过来。

刘茂林说："团长，这要打仗了，怎么也不通知我们呀？"

程团长转过身，说："你们不是刚执行任务了吗？休息一下，以后再说。"

刘茂林说："自从参加八路军以来，我就没想到过休息。现在要打仗了，让我们休息，我们还能坐得住吗？"

杨政委说："让他俩休息，那比让他俩坐禁闭还难受，还是随部队一块去吧。至于杨冰同志，刚参加八路军，我看还是留在后方为好。"

刘茂林和徐维明听杨政委如此说，高兴得忘了行礼便跑回队列找自己的位置。杨冰一听政委的话，急忙说："我也要去！"

杨政委问："你为什么要去啊？"

杨冰一时不知道如何回答，只是一句话："我也要去！"

程团长说："你还是留下来，熟悉熟悉情况，以后再参加战斗，也会有些经验的啊！"

杨冰说："经验是战场上打出来的，不是在后方熟悉得来的，我一定要去。"

程团长说："小小年纪，说话还在理，我看就一块走吧。"说着拿眼睛征询政委的意见。

杨政委思索了一下说："去也行，但是你得去通讯班，随团行进。"

杨冰说："只要让我去前线，到哪里都行。谢谢首长，我去了。"说完，跑向通讯班队列。

杨政委说："可以出发了。"

程团长大声命令："除留守连外，其余全体出发！"

在广袤无垠的毛乌素沙漠东部边缘，上千人的队伍浩浩荡荡向东北方向挺进，挺进……

17

严实走后，马怀成就一直坐在营部的办公室里独自遐想。虽说自己已经是少校营长了，在自己这一亩三分地里还是说了算的，但总觉得心里空荡荡的。一连长是自己的老乡，二连长是自己的同学，他们俩也算得上是朋友，有什么话还能说几句，但其他人似乎都在表面应付。原想把两个贴心的连长留在营部，战时给自己出出主意，闲暇也能聊聊天，可是一线没有亲近的人带兵，这是军中大忌。无奈，只好让他俩去连队。他一直在寻找一位和自己志趣相投的人，希望成为自己的左膀右臂。那一天，他见到严实，第一印象就觉得这人不错，不但仪表堂堂，而且温文尔雅，一举一动都露出几分聪慧。他相信自己的眼睛和第六感觉，便毫不犹豫地和严实称兄道弟，并委以副官重任，希望能助自己一臂之力，完成多年的夙愿。

漫长的军旅生涯，练就了他严谨的带兵作风。他要求自己的军队不得嫖娼赌博，不得欺压搜刮百姓。他不允许各级军官克扣士兵伙食和军饷，全部足额用到士兵身上，受到士兵的爱戴和好评。但也有人对此颇有微词，特别是那个王确和三连长牢骚最多，有时还背着他出去豪赌狎妓。他批评过几次，无奈这二人都是有靠山的，只能轻描淡写训斥几句了事。

从目前看，整个军营风气还是正的，操练、备战等他都是按照当年黄埔的做法，士兵训练井井有条，战斗力明显增强。从几次与土匪的交战中可以看出，士兵们的单兵作战能力很强，这是他唯一感到高兴的事。可是，最近他脑子里一直有一个问题找不到答案，那就是为什么练兵，为谁练兵，和为谁打仗的问题。每次去团部开会，团长讲得最多的一句话就是谨防共产党八路军的渗透，时刻准备着和共产党决一雌雄，而只字不提还在烧杀淫掠的日本鬼子，这让马怀成犯糊涂，似乎自己就像屠宰场上被追赶的羊群中的某一只，不知道自己的未来和出路。

他想和严实探讨这些问题，可报仇心切的严实去了杨家坳，他一直为严实捏了一把汗。

突然，远处传来了枪声，打断了他的沉思。跑出营房向东南方向眺望，却什么也看不到、听不到，他的心悬了起来。

“营长，要不要让我去看看？”不知什么时候一连长站在了自己身后。他又看了一眼说：“不必了，或许是擦枪走火。”

一连长说：“不如我们主动出击，完全、彻底、干净地消灭了这股土匪，咱们就高枕无忧了。”

马怀成说：“谈何容易。我们几次出击，都让他们跑了，我看这里面有问题。”

一连长说："您是说我们内部有通风报信的人？"

马怀成说："何止这些，上面的意思也是剿而不灭，不知道他们想干什么？"

忽然，杨家坳方向传来了激烈的枪声和爆炸声，二人心中一惊，急忙举起望远镜观察。一连长说："请营长下命令，我连去杨家坳助他们一臂之力。"

马怀成慢慢回转身说："不必了，或许他们已经开始打扫战场了。"

一连长不解地问："营长怎么知道他们战斗已经结束了？"

"你听这枪声，先密而后疏，先近而后远，我猜这回土匪还是没捞到什么便宜，等等看，如不出我所料，一个时辰过后就会有人来报告。"

两个人都不说话，夜很寂静，静到彼此能听到对方的心跳。

一个小时后，黑暗中传来了马蹄声。一连长说："来了！"

马怀成说："看看去。"

两个人迎了上去，黑暗中发现有三匹马由远而近。一连长发问："哪一部分的？"

前面的骑马人答："我是三连的通信兵，前来向营长报告。"

马怀成说："我就是马怀成，你们那里情况怎么样？"

来人听出了是营长的声音，说："报告营长，我连遭到土匪袭击，严副官带领全连已经将土匪打跑了，还击毙了十几个。"

"你们连长呢？"

"他负伤了，很严重，这不，我们一起过来了。"

“快送卫生室。”

马怀成一边说，一边上前查看，发现三连长横卧在马背上不停地呻吟，问：“伤亡情况如何？”

通信兵挺了一下身子，说：“报告营长，除三连长外，其他人安然无恙。”

马怀成一颗悬着的心终于落了下来，急忙吩咐抢救三连长。

明亮的马灯下，三连长脸色有些苍白，王军医查看了伤口说：“还好，幸亏你肉厚，没伤着骨头，先给他擦洗。”护士赶忙上前消毒清洗。

三连长龇牙咧嘴地说：“能不能轻点！哎哟，疼死我了。”

护士说：“别太矫情了，刚擦破点皮。”

三连长眼珠子一瞪：“刚擦破点皮？说得轻巧，老子给你来一枪，你也享受享受？”

马怀成说：“不许胡闹，听护士的话，不然你这条腿我看就废了。”

三连长忽然哭了起来，说：“营长啊，我为党国流血流汗，千万不能让我的腿废了，我上有八十岁的老娘，下有……”

“得，得，得了，好好配合护士治疗，哪来这么多陈词滥调？”马怀成不耐烦地说。

三连长说：“营长有所不知，这小妮子给严实那小子上药手法那个轻呀，还面带微笑。你看给我上药，虎着个脸不说，还使劲往里剜，我受得了么我？”

马怀成说：“你小子平时不活人，现在才知道？好了，她并无恶意，只是你这伤有些深，不洗净怎么好得了？”

护士拿起刮刀，剜去一块烂肉，三连长惨叫一声便晕了过去。

王军医说：“请营长放心，我已经给他打了麻醉，是药性起作用了。”

马怀成走出病房，看着满天星斗，握紧拳头砸了一下墙壁，说：“可恶的骆金雄，老子要和你玩到底！”

黑暗中，一个人溜进了三连长的病房，借着门缝透出的灯光，马怀成看清楚了，那人就是王确。

他去干什么？一丝疑问掠过马怀成的心头。

18

桂花爹见了三贵，气就不打一处来。当听了三贵的叙述，仰天长叹："一个好端端的娃娃怎么就成了土匪，我怎么能让自己的闺女嫁给一个棒客呢？"

三贵问桂花："嫌不嫌弃俺做过一次棒客？"

桂花说："我知道你是好人，你是上了坏人的当。可人这名声就像一张白纸，画上一道，再怎么擦，也有痕迹的。"

三贵说："只要你嫁给我，我们离开这个地方，我以后一定会好好做人的。"

桂花动心了，死活都要嫁给三贵。桂花爹拗不过女儿，只好答应："罢罢罢，你们远走高飞，再也不要回到村子里来。"

三贵将二十块银圆偷偷压在了老丈人的枕头下，就和桂花当晚拜了堂。趁着天还没亮，他和桂花上路了，出了村口，一摸口袋，二十块银圆还在自己的口袋里，他转过身向老丈人家的方向重重地磕了几个响头。

看着自己心爱的人就在身边，三贵心中说不出的高兴。他挽着桂花的手，踏上了通向村外的小路。桂花还是舍不得爹娘，一边走，一边不停地回头张望，身后只有影影绰绰的山村轮廓，其他什么也看不清。

三贵说："走吧，等我们出去安顿好了，再回来接咱两边的老人。"三贵边说边等桂花的回应，桂花不言，只是使劲拽三贵的衣襟，虽然不说话，但喉咙里还是发出惊恐的哦哦的嘶鸣声。三贵抬头一看，吓出一身冷汗，裤裆里面一热，便瘫坐在地上。

村口小路上全是荷枪实弹的黑衣人，虽然在黑夜，三贵不用眼睛看，已经嗅出那熟悉的味道。

"跑啊！我看你还能往哪里跑？"骆金雄在吴师爷、邢牡丹和众喽啰的簇拥下逼到跟前。

三贵扑通一声跪倒在地，像鸡啄食一样连连磕头求饶："爷，饶了我吧，我没有做对不起大掌柜的事，我只不过是见不得杀人，所以就……"

邢牡丹说："背叛骆爷那就是死罪，你见不得杀人，可我乐意，我恨不得杀了所有的人。"说着便从腰间往外拔枪。

骆金雄按住邢牡丹的手说："别，留着他还有用。这个白眼狼！"

三贵和桂花被骆金雄五花大绑押进了村子，天已大亮。有部分村民起得早，准备一天的生计，不料却发现早已被土匪包围。村民们并不惊慌，还冲着土匪打招呼，因为土匪群中有村子里的熟人。

骆金雄拔出手枪，朝天连开三枪，枪声惊动了村子里所有的人，他们立刻涌出家门，四下逃散，却被众匪徒挡住，聚拢在村子一块空地上。

骆金雄说：“乡亲们说一说，我骆金雄这些年来打家劫舍无数，是否来过贵村一次？”

“没有，骆爷确实没来找过麻烦。骆爷英明，骆爷和俺们亲如弟兄！”村民们言不由衷地附和。

骆金雄说：“可是！”他有意停顿了一下，煞有介事地说，“可是，我最看重的人背叛了我，胡三贵他临阵逃跑不说，还拐走了我们村的大美人桂花。”

人群里一片唏嘘，三贵爹急忙跑到骆金雄跟前扑通一声就跪下了，说：“骆爷行行好，我的孽子不听话，我好好收拾他，请骆爷高抬贵手，放三贵一回吧！”

骆金雄说：“这要看桂花的意思了。如果是三贵拐了桂花，按照规矩我要罚他一百块大洋，还要鞭笞三十；如果是桂花爹同意的，那可要恭喜桂花了，我不罚三贵，但桂花的彩礼按规矩该交了吧？”

骆金雄为匪数十年，对自己老巢周围的几个村子从来不动，只因为一句话:“兔子不吃窝边草。”可有个不成文的规定，谁家嫁了闺女，彩礼要分一半；谁家娶了媳妇，要给骆金雄一笔保护费，总之村子里娶嫁生子、盖房收粮都得孝敬骆金雄。桂花爹也在人群中，他非常为难，说许给了三贵吧，他连一块彩礼都没收，如果不承认，三贵就要受罚，权衡再三，只好硬着头皮说：“骆爷，小丫头我已经许给了三贵，我打发他俩到僻静的地方完婚，并非要背叛骆爷。”

骆金雄嘿嘿一笑：“这么说，你已经收了胡家的彩礼，为什么不让爷也沾沾喜气？”

桂花爹说：“实不相瞒，我看胡家和我一样，也是穷得叮当响，就没要彩礼。”

骆金雄冷笑一声：“没要彩礼？哼！谁信呢？这么漂亮的丫头少说也得二百块大洋是不是？如果不要彩礼的话，俺弟兄们多的是，白送谁不要？”

“我要，我要，我要。”众匪徒立刻起哄吼叫。

骆金雄说：“你如果不要彩礼，那这丫头可就轮不上三贵了，老爷我还想娶个压寨夫人呢！”

邢牡丹暗地里踢了骆金雄一脚，骆金雄立刻改口说：“开个玩笑，开个玩笑，只要大家按规矩办，咱们井水不犯河水。如果谁跟俺耍心眼，老子可就不客气了。”

三贵爹哀求说：“骆大掌柜的，我们一定按照规矩办事，只是现在正是青黄不接的时候，连嘴巴都糊弄不了了，哪里还有白花花的大洋啊？请骆爷宽限几天，我们凑一凑，凑齐了保证给骆爷送去。”

“哼！你别拿我当三岁小孩哄，我骆某人啥时赊欠过，没有这个规矩吧？”骆金雄环顾左右，众喽啰立即起哄。骆金雄说：“弟兄们，既然这老乡拿不出银子，大家到各家各户看看，有什么值钱的东西也可折合银两，俺老骆也不是在一棵树上吊死的人，为乡亲们排忧解难的事俺还是愿意做的。”

众匪徒立即蹿进村子，挨户砸门，翻箱倒柜。不一会儿，家户人家的被褥、衣服，还有女人的梳妆盒都搬到了村口，有一个喽啰还将三贵家的两头牛也牵了出来。三贵爹见自己的耕牛被拉了过来，急忙哀求说："骆爷，您行行好吧，眼下就要春耕春种了，那牛可是咱庄稼人的农本，您要是牵了去，这一年就没有指望了。"

骆金雄说："啰唆个屁，能看上你的牛，也算是你的福气，时下这破牛能值几个钱，连两袋大米也换不来，还不如给弟兄们改善改善伙食。"

骆金雄话音未落，几个匪徒已经动手绑牛，准备宰杀。三贵爹急忙上前用身体护住两头耕牛："骆爷，您行行好，放了这牛，我把家里仅有的银圆都给三贵和桂花，我这就让三贵和桂花给您寻银圆去。"

"哦，有银圆为什么不早拿出来，我看你们这些人啊，真是山里的瘪核桃，不砸是吃不到仁的。去，快去，限你一杯茶时间，把银圆起出来。"骆金雄一摆手，两个匪徒为三贵和桂花松了绑，"快去取银圆，如果回来晚了，今天的中午饭可就在这里开了。"

三贵知道，自己只有二十块银圆，已经缝在裤裆里了，还能到哪里去找银圆，难道爹还真有银圆在哪里埋着？三贵走到老爹面前不说话，三贵爹说："快去，到咱家地窖里去挖，那里我还藏了几个，把它起出来给骆爷送来。"

三贵拉了桂花直奔老屋而去。邢牡丹对骆金雄说："放了他们，难道不怕他们跑了？”

骆金雄嘿嘿一笑说：“谅他们没那个胆儿，再说，这点大的地方他们还能往哪儿跑啊？”

三贵拉着桂花跑出半里地，忽然明白了老爹的用意，拉着桂花直向山崖下面的沟壕里跑去。沟壕里到处是茂盛的苋麻草，虽然还没到发芽的时候，但去年的枯枝败叶一堆堆地搁在那里，没人去理会，因为这种苋麻草能蜇人，人的皮肤若有轻微接触都会蜇起一个大包，奇痒无比，村民都不去接近它。三贵拉着桂花绕过一簇苋麻，扒拉了一下周围的枯草，便出现一个仅容一人进出的洞口，这就是三贵爹所说的地窖，那是三贵和爹一次放牛时意外发现的。洞口虽小，但里面很开阔，洞的顶部和外面相通，还有微弱的光线映进来。当初，三贵和爹都说是个藏身的好地方，就没有跟外人讲，现在还真派上了用场。他俩钻进去，又用枯草苫了洞口，蹲下来，心还在怦怦地跳。

19

都说八路军是铁脚板，见了才知非虚传。程团长和杨政委带着这支从长征路上走来的队伍日夜兼程，走了一百二十里后，便与前线来接应的联络员接上头。根据命令，团长下令原地休息待命。

杨冰是第一次长行军，虽然没练过，但凭着年轻还是顽强地跟了上来。听到命令，她顺势一蹲，就躺在草甸子上，立刻感觉到前所未有的疲乏，两条腿似乎已经不是自己的了，麻木酸胀无力。躺了一会儿感觉头很晕，一阵恶心控制不住地呕吐起来。刘茂林除了指挥自己的连队行军侦察，还时不时要回头照顾卫生队和团部非战斗人员。他发现杨冰呕吐，赶忙取下水壶递给她。杨冰接过水壶，抿了一小口，然后还给刘茂林，虽然无力说一句感谢的话，但通过眼神，刘茂林读出了她内心的感激。

刘茂林说："这是第一次，强度有些大，如果实在吃不消，我跟首长说说，你留在原地休养几日如何？"

杨冰不说话，头摇得像个拨浪鼓，紧接着哇的一声，吐了一口清水。刘茂林关切地问："怎么样？感冒了吧？"

杨冰挣扎着坐起来："没事，休息一下就好。"

其实，自从娘胎里出来到如今，杨冰还从来没有连续走过这么长的路。小时候，父亲骑着马，把她放在马背上从杨家坳一直打马越过黄河，去黄河滩上挖泥巴、拣石子，玩累了玩够了又一口气回杨家坳。长大后，大多数时间泡在学堂里，两个假期也是父亲套着马车送去接回，哪里受过如此之苦？她感觉浑身就像钢针扎一样难受，几欲掉眼泪，可是一看同行的姐妹个个神采飞扬，有说有笑，便不好意思呻吟。

她挣扎着站起来，顿时头晕目眩，一阵作呕，却没有吐出东西来。随行的军医李大姐看见杨冰这个样子，急忙跑过来为她把脉。过了好一阵子，李大姐惊喜地叫了一声："你有喜啦！"

杨冰不懂或是没听清楚，回过头问："您说什么？"

站在一旁的刘茂林说："李大姐说你怀孕了。"

杨冰一听自己怀孕了，先是一怔，然后闭上眼睛哭了起来。

正在查岗的程团长和杨政委听见哭声，闻声而来，问："是不是受不了了？"

刘茂林说："杨冰同志怀孕了，李大姐告诉她，她一听就哭了。"

程团长说："好事嘛！高兴还来不及呢，哭啥呢？"

杨政委说："肯定是勾起了她的伤心事。"然后俯下身子对杨冰说："我理解你的心情，哭吧，好好哭一场就没事了。现在你有了身孕，可孩子却没了父亲，这放到谁头上谁不难过？”

程团长若有所思地看着杨政委。杨政委说：“我们大家都是你的亲人，等将来孩子生了，记着认我做舅舅，我就是你娘家人了。”

杨冰一听，哭得更加响亮而动情。上千名战士也被哭声所感染，他们齐刷刷地站起来，用目光向这位年轻的母亲致敬。

忽然，哨兵喊了一声：“有情况，注意隐蔽！”

大家循声望去，天幕上出现几个黑色的游动斑点。程团长说：“是鬼子的飞机，大家立刻隐蔽！”

战士们立刻向山坡的树林和沟壕里疏散。杨政委对刘茂林说：“从现在起，杨冰同志划到你们侦察连，她的安全和孩子的安全由你全权负责，要是出个一差二错，我唯你是问。”

刘茂林一个立正：“报告首长，我保证完成任务。”

程团长说：“快隐蔽！”

刘茂林往地上一蹲，抓起杨冰的胳膊往肩上一搭，背起杨冰飞上了山冈，他发现光秃秃的山冈下面有一个洪水冲刷成簸箕状的山坳。

程团长说：“这家伙还真有眼光，那个地方确实是个隐蔽的好去处。”

话音刚落，敌机已到头顶。可能没有发现目标，在上空盘旋了两圈后，扔下几枚炸弹，便向东而去。

炸弹在空旷的山头爆炸，激起一团团尘土，并没有伤到人，只是给山冈留下了几个圆形大坑。杨政委看了看笑着说：

“日本鬼子帮助咱老百姓修涝坝，你看，把里面的土铲一铲，抹平就是一个蓄水池，天上要是下雨，老百姓就能蓄水，干旱时还能浇地。”

程团长也笑了，说：“咱们的杨大政委啥时研究起这些来了？”

“老程啊，你别忘了，我可是水利工程专业毕业的。要不是日本鬼子祸害，我现在有可能就是水利方面的专家了啊！”

“是啊！要不是鬼子闹腾，我现在可能也是儿孙满堂，该享清福喽！”程团长也颇有感触地说。

两个人正说着，通信兵跑来报告：“报告团长、政委，接到上级命令，要求我部在傍晚到达开城铺南边的喜鹊坡上隐蔽待命，等三发红色信号弹打响，向开城铺的日军发起进攻，配合我们作战的还有两个团分别埋伏在北面和西面。东面是个葫芦口，由当地游击队负责。首长说，战斗打响后，敌人有可能从南边突围，所以我们团的压力很大，千万不能轻视敌人。报告完毕，请指示！”

“好，我们知道啦，你先休息吧，有事我们再通知你。”程团长说完，立刻拿出军事地图和政委看了起来。

杨冰被敌人的炸弹吓出了一身冷汗，现在感觉腿脚不麻木了，浑身也不酸疼了，就连呕吐也停止了。她看着身旁这个膀大腰圆的男人，想起数日来对自己的悉心呵护，点点滴滴，历历在目，一股暖流不觉涌上心头。

她一直看着刘茂林，刘茂林也发现了杨冰注视的目光，不好意思的把头掉开。

杨冰问："家里还有什么人吗？"

"没有了。"因为父母的惨死他早跟她讲了。

"要打仗了，你怕不怕？"

"怕？怕个……"他忽然刹了车，拐了个弯说，"我巴不得天天打仗，有仗打，我就能多杀几个鬼子，就能为我爹娘报仇。多杀一个，就多赚一个，啥时死了也不后悔。"

"杀鬼子是好事，但我不希望你死。"

"这可由不得你，这枪子不长眼睛，它遇上我还会拐弯儿？"

"不管咋的，我就希望你活着。"

"傻丫头，谁不想好好活着呢？"

团长和政委还有几个参谋围在一起对地图研究了半天，程团长果断下达命令：就地做饭，一个小时后出发，全体指战员务必在下午四时前到达喜鹊坡隐蔽，带足干粮和水，埋伏地不得生烟火。

立刻，山坡上冒起了炊烟。一群女兵穿梭在各"灶台"之间，切菜、添柴火，杨冰看着那热闹的场面，也投入到忙碌的炊事活动中去了。

刘茂林看着杨冰远去的身影，自言自语地说："这丫头，怎么越看让人越喜欢。"

20

骆金雄躺在一把竹椅上，等待胡三贵取钱回来。可是等了半天，不见三贵的影子，便叫刘丕带两个匪徒去催。过了不到五分钟，刘丕惊慌失措地跑了回来，对骆金雄耳语了几句。只见骆金雄腮帮子上的肌肉在跳，猛地站起来骂道："这个贼，竟然骗起老子来了。来人哪，把这个胡老头给我捆起来。"

三贵爹忽然大笑起来："骆金雄，你自以为聪明，别人都是吃猪脑子的，告诉你吧，三贵和桂花已经走远了，你想追也追不上了，哈哈哈，来吧，要钱没有，要命就这一条，老子活了七十多，也活够了，知足了。"

骆金雄气急败坏地说："把老家伙给我吊起来，吊起来！我就不信，这么点大的地方，他还能上了天？"

几个匪徒将三贵爹吊在了树上，三贵爹的胳膊立刻发出吱吱的响声，惨叫一声便晕了过去。

众乡亲吓得看都不敢看一下，痛苦地低下了头。骆金雄暴跳如雷："今天找不到胡三贵，拿不到银圆，你们一个都别想着回去，我倒要看看你们的骨头硬还是我的枪杆子硬。"

匪徒们提凉水浇到三贵爹的身上，他清醒了过来，骆金雄说："给我打，一直打到他张口为止。"

桂花爹上前抱住骆金雄的腿说："骆爷，你放了他吧，我们大家给您凑银圆，您看上什么就拿什么吧，我求您放了他吧！"

骆金雄一脚将桂花爹踢倒在地："我看你也不是个好东西，等收拾完了他，我再收拾你。"

三贵和桂花躲在洞中，能清晰地听见村子里叫喊的声音。三贵几次想出去，都被桂花拉住了。忽然，他从洞口发现沟道里来了一群人，边走边放枪，细一看，全是骆金雄的人。

他俩屏住呼吸观察外面的动静，只见几个匪徒用刺刀在苋麻丛中东挑西挑，一边不停地骂："这龟儿子躲到哪里去了？"另一个说："根本就没有人，这地方连个兔子都藏不住，两个大活人还能钻进'虾虾'（方言：鼢鼠）洞里去？"

土匪搜寻半天，无功而返，三贵长长出了一口气。

骆金雄找不到三贵，便发了疯似的抽打三贵爹，想把三贵逼出来。清醒过来的三贵爹拼命呼喊："三贵呀，你是爹的儿子你就不要出来，你如果出来我就不是你的爹，我也没有你这个儿子，你走吧，走得越远越好。"

骆金雄说："他不是藏在地窖里了嘛，去，把他家的房子烧了，把他烧死在地窖里。"

几个匪徒应声而去。少顷，村子冒起了浓烟和火光，骆金雄狞笑着欣赏自己的杰作。邢牡丹在一旁也狞笑着，她好像特别开心，对骆金雄说："光折磨老头还不行，我看把三贵娘也吊起来？"

骆金雄瞪了邢牡丹一眼："想不到你这娘们比我还狠。算了算了，男子汉不跟女斗，折磨一个女人算什么本事，要是传出去不怕道上的朋友笑话咱？"

"好，你仁慈，有男子汉气概，我看你能问出个什么结果。"邢牡丹悻悻地躲在了一边。

村子里的浓烟和火光让山那边的一群人急红了眼，他们跑步的速度明显加快。跑在队伍前面的人喊："快，多一秒赶到，乡亲们就少受一秒罪，快点，跟上。"

一群蒙面人个个手持盒子枪，急速行进，爬上了山头。

领头的说："大家隐蔽喘口气，我去观察一下，听我的枪声行动。"说完，飞奔进了村庄。

火锅已经架好了，烙铁也已烧得通红。骆金雄哼了一声，刘丕从火中取出烙铁走到三贵爹跟前："老头儿，说吧，再不说，这烙铁的滋味可不好受啊！"

三贵爹啐了一口唾沫到刘丕脸上："畜生，来吧，再过二十年，老子还是一条好汉。"

刘丕猛地将烙铁摁在三贵爹的屁股上，立刻一股青烟冒了出来。三贵爹撕心裂肺地一声惨叫，便晕了过去。

刘丕扔下烙铁，从火中又取出另一只通红的烙铁，准备再烙一次，他刚举起烙铁，只听砰的一声枪响，烙铁掉在了地上。

众匪徒一惊，慌忙举枪，还没来得及扣动扳机，只听砰砰砰几声枪响，几个匪徒便倒在地上。

骆金雄大惊，拔出手枪，却没有发现目标，胡乱开了一枪，便向后退。邢牡丹也拔出手枪一边寻找蔽身的地方，一边射击。

骆金雄惊慌地喊："弟兄们，撤！"众匪徒听到大掌柜的命令，立刻向北逃去。紧接着一阵枪声过后，地上又倒下七八个土匪。

村民们四下里逃散，桂花爹奋不顾身地上前抢救三贵爹。

数十个蒙面人并不追击，只是一边放枪一边呐喊，虚张声势。桂花爹看着蒙面人一时不知怎样才好，直愣愣地盯着那几个人发呆。

领头的蒙面人说："老乡，我们来迟了。可是您也看见了，我们人手少，并不是土匪的对手。赶快让乡亲们躲避起来，以防贼人反扑。"

在几个蒙面人的帮助下，三贵爹被抬进了桂花家。三贵爹一把拉住蒙面人的手说："好汉，我知道你们是谁，我求求你，把我的儿子和儿媳带走吧，把他俩交给你们我放心。"

桂花爹似乎有所觉醒，试探性地问："你们是这个。"边说边做了个"八"字手势。

蒙面人说："不是，不瞒二老，我们是罗山游击队的成员。我们人少、枪少，暂时只能隐蔽行动。"

三贵爹问："你们是咋知道土匪进村的？"

“你们这里有我们的地下交通员，是他向我们求救的。为了乡亲们，我们只好冒了一次险。”

“恩人哪！我给你磕头啦，我们不知道咋感谢你们，我只有一个愿望，请带走我的儿子吧！”三贵爹和桂花爹一齐磕头。

蒙面人说：“我们不兴这个，请老人家好好休养。至于你们的孩子只要他们愿意，我们会考虑带他们走。”

三贵爹忽然想起三贵还在沟底的洞中，急忙让桂花爹去把他俩找回来。

三贵听到枪声，以为是土匪开了杀戒，他不顾桂花的阻拦，跑出洞口，爬上沟沿望去，一群黑衣人正向土匪开火。三贵想冲上去，也杀他一两个为爹报仇，却被桂花抱住了腿：“别逞能，你出去要是被土匪抓住，老爹的苦就白受了，等等看。”

忽然，一个人向沟里走来，一边走一边呼喊三贵和桂花的名字，桂花一听，惊喜地叫了一声：“爹，我们在这儿呢！”

桂花爹也发现了他俩，疾步跑到跟前，三人相拥，泣不成声。过了一会儿，桂花爹说：“我带你们去见一个人。”

回到屋里，三贵扑通一声就跪在了蒙面人跟前：“谢谢你们救了俺爹，我也要参加你们的游击队。”

蒙面人摘下脸上的黑巾，屋里人顿时惊呆了，眼前站着的不就是后岔村那个天天到处催粮要款的保长齐为群吗？

齐为群看出了大家的心思，把脸贴近三贵爹的头，悄声说：“我明里是政府的保长，其实是共产党地下组织的负责人，请你们相信我，平时我只是做做样子，有利于开展工作。”

三贵爹脑海里浮现出齐为群带领保丁到村里诈唬的情形，但并未有实质性的举动。他自言自语道：“现在这好人坏人还真分不清楚，不过我相信你，你就把我儿子和儿媳带走吧！”

三贵有些不情愿，三贵爹说：“去吧，我信得过齐保长，不，不对，是齐队长，你俩就跟他们走吧！”

“好，我答应。此地我们不能久留，但你们放心，如果土匪还来骚扰，我们还会来的。”齐为群说完，向外招呼了一声，十几个蒙面人迅速撤离了村庄。

三贵和桂花拗不过老爹，还是跟着齐为群走了，出了村口，他俩扑通一声跪下来，朝着老屋的方向重重地磕了几个响头。

21

三连长去养伤，带兵的任务自然落到严实头上。他曾三次派出通信兵要求营长重新考虑三连长的人选，通信兵带回马怀成的亲笔信："暂时不适宜调整军事主官，三连长职位暂由严副官代理。"

马怀成的用意有二。借三连长养伤期间，让严实接触军事实务，锻炼锻炼这个儒生，同时，也好让严实在连队里培养培养自己的亲信，这是其一。其二,三连长只是受了伤，没有理由撤换他的连长之职，再说三连长也不是个善茬，闹腾起来不好收场。

严实也略懂营长的用意，马怀成一心想把严实培养成军中的佼佼者，以强化自己的势力，而严实的心思并没有在军队发展上，他答应马怀成留下来做副官就是不想离开这里，他想在这里寻找和等待桃子的出现，即使一辈子找不到，那也是他活在这个世上的理由。如果这个理由失去了，他活着就没有意义了。

老父亲经常捎信来，让他回去做官，或者由他挑选，干什么都成，但他不敢回去，他知道，在没有弄清桃子的下落之前，回到省城他会疯的。就是这点渺茫的希望让他活着，哪怕地老天荒也无怨无悔。

严实没带过兵，但带过学生，想必有共通之处。他下令全连从整顿军容军纪开始，对穿衣、吃饭、走路都进行了严格的规定。一排长仗着和三连长交情深，极不愿意训练，还鼓动士兵集体抗命。严实既不催促，也不训斥，说："一排长既然不看重训练，那就站在一边看就行了。二排、三排听我的口令，操练起来。"

杨家大院门前的空地上立刻响起了雄壮的口号声和铿锵有力的脚步声，吸引了无数村民围观，大家都说这支军队好，一个比一个棒。士兵们一听到赞扬，训练更加卖力，动作更加到位。

村民杨七十说："老总，这才像个兵的样子，我去年见过八路军，那阵势比咱这还热闹。"

严实说："我们是正规军，是国军，应该比八路军要强些。"

杨七十说："也不见得，那边坐的、站的也是国军，怎么不像军人的样子呢？"

一排长听见杨七十在说自己，站起来吼叫道："我说老头，我们怎么不像国军了？你要是在前几年说八路军好，我就可以按通共的名义治你。现在国共合作了，我也不计较，但你不能把我们看扁了，弟兄们，起来，起来，走两步给他们瞧瞧。"

一排士兵立即整队进入操练场，还没走几步，就笑翻了场。严实说："一排长，你看你的兵还能称得上是国军吗？我看还不如骆金雄那帮子人呢。"

"严副官，你不要拿我们跟土匪比，我们好歹是国军，我要整不出个样子来，你就地撤了我的职。"一排长四肢发达，头脑简单，众人几句奚落他就受不了，看来还是可以改造的。严实这么想着，嘴里说："我相信一排是好样的，拿出点精神来给大伙瞧瞧。"

一排长跑进队伍，喊起了嘹亮的口号。严实转过身，禁不住偷偷笑了起来。

训练持续到中午，村民们送来了开水和米粥。杨七十说："只要你们消灭了骆金雄，让咱庄稼人安安稳稳种庄稼，等今年夏田成熟了，我请大家伙儿吃白面馒头。"

一排长说："此话当真？"

杨七十说："我老汉啥时说过谎，不但有馒头，说不定还能宰几只羊慰劳慰劳大家呢。"

营部里，马怀成正在思谋组建一支侦察小分队，潜入大小罗山腹地，搜索土匪信息，企图将骆金雄部一网打尽。忽然，卫兵进来报告："报告营座，团座来了。"

马怀成从沉思中惊醒过来，赶忙跑出营部，发现何团长已经到了院子里。他整整军纪，上前行礼问好："不知团长驾到，有失远迎，失敬，失敬！"

"子实啊，跟我客气什么，我们是弟兄，何必多礼！"

“晚辈不敢高攀，悉听团座教诲。”

“看来你这里还是很闭塞，我已经不是团长了，你才是真正的团长。”

“此话从何说起，我是团长，那您……”

随行的副官说：“何团长已经升任旅长了。”

马怀成一个立正：“恭喜旅长，在下孤陋寡闻，请旅长训示。”

“好好好，我们进去谈吧。”何旅长带头走进了营部，坐定说，“最近，部队改编，我团与十七军的独立团改编为旅，马副司令让我出任这个旅长，真是打着鸭子上架，可难为我了。”

“恭喜旅长！”

“哎，别恭喜我，还要恭喜你，你已经是团长了，接我的班。”

“马某才疏学浅，恐怕难以胜任。”

“别谦虚，你可是黄浦出来的。你放心，我原先的几个团副和参谋长已经做了调换，没有人对你构成威胁，你就放手大胆干吧！”

“那，这里……”

“别担心，我已经想好了，你的营就由严实来管吧。另外，王确也该调离了，我打算让他去带三营。”

“旅长想得可太周到了。”

“好了，赶快通知有关人员来这里开会，我要宣布任命决定。”

马怀成向卫兵耳语几句，卫兵出门。何旅长说：“子实啊，我这次来还有个重要任务要交给你。目前，日本鬼子节节败退，失败看来已成定局。最近，留守在花马池和定边一带的八路军已经开往前线，这个地区只有小股武装存在，马副司令的意思是他们走后的防务空白，我们应该填补。日本人一走，国共两党难免有一场厮杀，将来谁的地盘大谁的胜算就多，所以蒋委员长已经在做这方面的安排了。我希望这个营留在此地不要动，依靠大罗山这个天然屏障，将共军堵在陇东与陕北一带，你另外两个营向花马池方向渗透，能挤压多少算多少，但要注意方式方法。还有，听说最近本地有不明武装出现，有可能是共产党的地下游击队，我们不得不防啊！”

马怀成说：“最近，土匪猖獗，特别是骆金雄匪部四处强取豪夺，明目张胆与我军为敌，残害百姓，我请求旅长允我将其剿灭。”

何旅长哈哈一笑说：“小兄弟还有些单纯，什么是军，什么是匪，这个很难界定。你说的土匪有可能会成为军人。不瞒你说，王确已经和骆金雄匪部搭上了关系，按照蒋委员长和马副司令的意思，现在正是用人之际，我们何不拿来一用？”

马怀成有些不解，试探着问：“这么说，旅长想招安这些土匪？”

何旅长说：“别张口闭口土匪土匪的，一旦他们归顺党国，就是我们的弟兄了。”

马怀成还想辩解几句，何旅长做了个制止的手势说：“啥也别说了，军人以服从命令为天职。我看人已经到齐了，开会吧。”

22

傍晚时分，随着三发红色信号弹划过天空，炒豆般的枪声和轰隆隆的炮声打破了暮色的沉寂。正在吃饭喝酒的日本鬼子被这突如其来的枪炮声吓得魂飞魄散，但在大队长岛川大佐的指挥下，很快形成了战斗队形，密集的子弹和炮弹向山坡上倾泻下来，炮弹炸起的泥土掩盖了战壕里的战士，他们抖抖身上的泥土，继续射击。

程团长手握望远镜观察敌情，一发炮弹打来，将他半个身子埋进土里。他摘下帽子在地上磕了几下又戴上，继续观察。杨政委提着冒烟的盒子枪跑过来说："团长注意安全！"

程团长说："不咋地，小日本嫌我这军装太显眼，给我伪装一下，现在好了，和土地一色了。"

杨政委说："根据我的观察，鬼子对我方的攻击力度加大，想夺取喜鹊坡高地。"

程团长说："也好，我方攻击难度加大，也为兄弟部队减轻一些压力。同志们，我们是从长征走过来的英雄团队，再难啃的骨头我们也能把它嚼碎，给我狠狠打，打掉敌人的嚣张气焰。”

剧烈的爆炸声震得战士们的耳根发麻，但一条条火舌在夜色中穿梭，只听到鬼子号叫的声音和战士们的喊杀声。

刘茂林的侦察连处在战场的最前沿，他们一边射击，一边向前推进。烟雾、尘土已经将战士们染成花脸，他们怒吼着向前冲锋，炮弹在身边不断炸响，子弹像密集的冰雹落到脚下将土地砸出一缕缕白烟，有几个战士倒下了，但也有爬起来的，继续甩出手榴弹。

杨冰一直跟在刘茂林的后面，她不会打枪，但会扔手榴弹。她提着半篮手榴弹不停地往前面扔，随着手榴弹的爆炸，鬼子的尸体被炸上了天。

忽然，一个战士中弹倒下了，但又顽强地爬了起来，吃力地举起手中的冲锋枪一阵扫射，鬼子就像风中的草把齐刷刷倒下一大片。他的前胸又中了几弹，往后打了一个趔趄，重重地向后倒去。

杨冰喊了一声：“同志！”扑上前去一看，惊呆了，倒下的不是别人，是徐维明。她尖叫一声：“徐大哥！”便把他搂在怀中，扯下身上的毛巾堵在伤口上。

徐维明也看清楚了是杨冰，嘴角露出一丝微笑，吃力地说：“是……是桃子，我喜……喜欢这个名字，也喜欢你……”话未说完，便咽下了最后一口气。

“徐大哥——”杨冰凄厉的叫声划过阵地，刘茂林听得很清楚，转过头时徐维明已经闭上了眼睛。他叫了一声：“好兄弟，我给你报仇。”端起一挺歪把子机枪，怒吼着冲了上去，一条条愤怒的火舌喷向敌人，敌方一片鬼哭狼嚎。

程团长在望远镜里看得清楚，他痛苦地放下望远镜，顺手拣起一支冲锋枪扫射着冲了上去。

杨政委看见团长冲了上去，也不顾一切地追了过去，一把按倒团长：“你不要命了！”

团长和政委刚趴下，一排密集的子弹便从头顶掠过。程团长有些激动，说：“战士们都在牺牲，作为指挥员哪能不上？”

杨政委说：“指挥员的职责不是冲上去杀一两个敌人，更重要的是怎么让牺牲降到最低。”

程团长看了杨政委一眼，说：“你看下面，这股敌人拼命攻击，我看是为了下面的敌人从沟口方向突围。所以，这里交给你，我带一营绕到前面的山梁上截住敌人，来他个关门打狗。”

果然不出团长所料，正面攻击的敌人开始后撤，下面的敌人已经向沟口方向运动。程团长喊了一声：“一营跟我走，快速运动到沟口南侧的山梁上，准备狙击敌人。”随着喊声，一营指战员从阵地上撤出，向沟口方向包抄过去。

正面明显减弱，但仍有敌人垂死顽抗。刘茂林端起狙击步枪，瞄准正在挥着指挥刀的鬼子扣动了扳机，只听咣啷一声，鬼子的刀掉落在地上，人也摇晃了几下，歪歪斜斜地倒在地上。

众鬼子一看指挥官倒地，便慌不择路，抱着枪寻找隐蔽处。一部分鬼子见有军车开动，慌忙往车上爬，车子越走越快，后面跟了一堆人在追，落在后面的一看追不上了，举枪便向卡车射击，嘴里叽里咕噜骂声不绝。

夜色愈浓，蛰伏在沟底的鬼子见时机成熟，开始大规模向沟口方向运动，前面的汽车上，两挺机枪一刻不停地向前方左右扫射，希望杀开一条血路逃跑。

杨政委带着两个营的兵力已经冲进敌人指挥部所在地，各种武器、食品、衣物和文件一堆一堆散落在地上，没有来得及逃跑的伤兵趴在地上呻吟，个别士兵自以为末日已到，取下刺刀自行了断。

杨政委要求抓几个活的问话，不一会儿，侦察连将几个轻伤俘虏押到了政委面前。

杨政委给他们讲八路军优待俘虏的政策，他们假装听不懂，轻蔑地看着杨政委和战士们。杨政委突然改用日语与鬼子交谈，惊得鬼子面面相觑，不得不说出他们的岛川大佐已经被击毙。杨政委告诉大家，战士们立刻欢呼起来，将刘茂林抬起来抛向空中。

杨冰被这样的场面感动，她一边为负伤战士包扎，一边用目光搜寻刘茂林。

逃向沟口方向的鬼子，万没想到那里也有八路军，求生的欲望迫使他们不顾一切地往前冲。子弹打在车上，溅出道道火光，双方都好像要在此决一雌雄，他们把枪膛内所有的子弹都打了出去，沟底的乱石丛中，堆满敌人的尸体。程团长见时机已到，让司号员吹起了冲锋号，顷刻，满山遍野的八路军战士和游击队员跃出战壕，叫喊着向鬼子包抄过去，一场白刃战在乱石丛生的河滩谷地上展开。

半个小时后，敌人留下百具尸体，举手投降。杨政委率领的部队打扫完战场也聚拢过来，全团和兄弟团的战士混合在一起，欢呼、跳跃，胜利的喜悦弥漫整个山谷。

程团长要求统计战果。不一会儿，负责战场统计的人员来报，大家屏住呼吸聆听。

“报告团长、政委，据初步统计，我们消灭了日军一个整编大队，毙敌300余人，其中包括大队长岛川大佐，俘虏98人，伤敌34人，正在治疗。缴获各类重武器80多套、枪支500余支，弹药无数。我方包括兄弟团，牺牲33人，伤18人正在救治，整个战斗用时三小时十八分钟。报告完毕。”

“好，如实向总部发报，并请示下一步任务。”程团长说着，扫视了一圈，拳头一挥，“原地休息待命！”

“好！”战士们欢呼起来。程团长忽然记起了刘茂林，大声喊：“刘茂林，刘茂林！”

“到！”传来一个女人的声音。大家奇怪地望去，原来刘茂林已经躺在一块石头上睡着了，杨冰一直守在他的身旁。

23

马怀成晋升为中校团长，领花换成了三杠双星，心中既喜又有些不安。作为军人，而立之年能到这个位置，也算凤毛麟角，特别是论资排辈、腐败成风的国军中，像马怀成这样直来直去的人能升上去，确实不多见。想到这里，他感到自己的前途有了明亮的曙光。可是，旅长一再催促他逼近红区，他有些不情愿，看着土匪为非作歹不去围剿，而去和共产党争地盘，他就不明白了。想当初，投奔西北的马家军，除了因为自己是西北人外，他更看重的是这里距离抗日的前线近，希望有朝一日，去和日本鬼子真刀真枪地干上一回。可是，前方的晋绥军和八路军都在和鬼子干，自己却在这里蛰居了好多年，外敌没打上，连内匪也没消灭干净，更让人不解的是旅长竟然要招安那帮土匪。如果招安成功，他们成了军人，自己呢？还配称为军人吗？

马怀成在屋子里踱着步子，正思索着这一系列的问题，严实进来了。马怀成连忙笑脸相迎，说：“来来来，严实老弟，我正想让人找你呢，你就来了。来了好，我顺便把这里给你交接一下，我得去团部了。”

“我与大哥萍水相逢，还没来得及把盏言欢，你就要走了，我这心里还真有些舍不得。”

“我是要走了，可你还是我的部下，你我还是兄弟，抬头不见低头还会见的，不必伤悲。”

“我初来军营，大哥就委以重任，小弟才疏学浅又无资历，恐怕难以胜任。”

“兄弟过谦了，我听说你在三连干得就不错，别怕，放开手脚去做，后面有大哥给你撑着，你还怕什么？”

“我想是不是将团部移到我们营来，我也能傍着大树好乘凉啊！”

马怀成一笑：“那怎么成？何旅长亲口说要我去花马池，我哪能留在这里呢？好了，我们不说这些了，我有个重要的问题想和你谈谈。”

“大哥有话尽管说，小弟洗耳恭听。”

“我有个问题想和你交换一下看法。你对共产党、八路军有什么看法？”

“我一向对政治不感兴趣，没见过共产党，也没见过八路军，但我听人说他们还不错，为老百姓着想，为民族而战，是应该受到尊敬的。”

“倘若有一天，你的上司命令你去打共产党、八路军，你怎么做？”

严实站起来，严肃地说：“报告团长，这个问题我没想过，回答不上。”

“不必认真，你我兄弟间谈话，说什么都行。那对像骆金雄那样的土匪呢？”

“土匪无恶不作，人人得而诛之。”

马怀成笑了笑说：“倘若，我说的是倘若，倘若有一天，骆金雄也像你和我一样，穿上这身皮，走到你面前，你该怎么办？”

“不可能，他就是戴上礼帽，也是土匪，我还是要杀他。”

马怀成不语，思索了半天说：“这天下的事，谁能说清楚呢！老弟，我就不瞒你了，何旅长已经派人劝说骆金雄归顺国军，准备一同对付共产党。如果我走后，骆金雄要是招安成功，他们可就是正式的军人了，你可不能蛮干，一定听我的命令行事，千万不可感情用事。还有，最近听说我们这一带有不明武装活动，我估计可能是共产党的游击队，有朝一日相遇，该怎么处理我想你会有分寸的。”

严实听着，如坠五里云雾之中，但一想起骆金雄残害岳父一家的情景，情不自禁地站起来，将桌子狠狠砸了一拳。

马怀成一惊，困惑地看着严实，严实才觉自己失态，连忙说：“对不起，我失态了，失态了。请大哥放心，我一定听从大哥的命令，绝不给大哥添麻烦、惹事端。”

马怀成拍了拍严实的肩膀：“好兄弟，有你这话我就放心了。好吧，我们就谈到这里，我要走了，请兄弟珍重！”

“大哥保重！”严实忽然眼泪汪汪的，上前将马怀成紧紧抱住，泣不成声。

再说骆金雄一口气跑出十里地，发现后面并无追兵，就停了下来，大喊：“跑什么跑，看你们那熊样儿，跑得比兔子还快。”

邢牡丹跑得直喘粗气，听骆金雄这么一吼叫，冷笑了一声：“骆爷的速度也不逊色呀，兔子都撵不上。”

骆金雄龇牙咧嘴地骂：“这臭娘们，还奚落起我来了。”

骆金雄回到自己的窟穴，刚刚坐定，就看外面走进一个人来，正是王确。王确急忙上前问好：“舅，近来可好？”

“好个屁，自从你们那个狗屁营扎在罗山脚下，你舅就再也没过过好日子。”骆金雄冷冷地说，连眼皮也不抬一下。

“舅，有好事咧！”

“好事？这年月吃不好睡不好，还能有啥好事？我看这日子都没法过了，天天挨打，还说是有好事。”

王确故作神秘地笑了笑：“舅，你咋不相信俺呢？俺真有好消息带给您老人家，您想听不想听，不想听俺立马走人。”

骆金雄漫不经心地说：“既然来了，有啥屁就赶快放，你舅瞌睡了，睡觉去了。”说着，给邢牡丹摆了一下手，起身就往自己的居处走去。

“舅，真的有好事咧。”王确追上去，却被邢牡丹挡住了。

骆金雄见王确追了进来，对邢牡丹说：“放开他！”然后对王确说：“来干的，别拖泥带水的，你舅没那个耐心。”

“你是俺舅舅，俺是你外甥，俺爷儿俩在一块离了实话没说头，还是按老规矩办。”

骆金雄一愣，继而大骂：“这贼日的，还和你舅讨价还价要银子，真是个不孝的东西！”

王确说：“别介，老舅，咱们公私分明，再说俺家里还有五十岁的老娘，不要银子，还真让她老人家喝西北风去。”

骆金雄说：“老子英雄一世，啥时摊上你这么个外甥，要不是老舅接济，你那老娘恐怕连骨头都孽（方言：腐烂）了。”说着掏出一把大洋朝王确掷了过去。

王确接住钱，拿在手中掂了掂便装进口袋，说：“我带来了何旅长的亲笔信，您亲自过目。”

“念！他娘的存心要笑俺，俺要是识一半个字，也至于上山为匪？”

王确嬉笑着念道：“骆大掌柜：最近形势变化极快，骆兄想必早有耳闻。倭寇节节败退，我军已收复大片河山，然共产党得寸进尺，欲与我争夺天下。蒋委员长谕示，凡与我同心协力抵御共党者皆为朋友，既往不咎。可改编入伍，粮饷从优。阁下愿否，明示。”

王确念毕，骆金雄一把将信件抢到手里，左右看了看，说：“这是真的？”

王确说：“旅座口谕，人还是那些人，不论多少，一律按营级编制发放给养、武器，改番号为旅直属特别行动队，您任队长，以下官员由您任命。”

骆金雄听完，忽然放声大笑，笑毕，说：“没想到，老子还有今天，弟兄们听好了，从今天起，俺们就是国军了，住营房、领饷银，咱也能与那个马怀成平起平坐了。”

王确说：“舅舅，人家已经是团长了。”

骆金雄瞪大眼珠子问：“你说什么？那小子是团长了。告诉你家长官，也给俺一个团长当当。”

“这个简单，只要您多杀几个共产党，别说团长，旅长、师长还不是舅舅当的。”

“好，好好好，这事就这么定了，等过了清明节俺就上旅长那儿报到去。”

24

开城铺一役，拔掉了日军在晋中最后一个据点，使晋中和晋西南的根据地连成了一片。根据八路军总部的命令，程团长的团暂留当地休整，配合当地政府进行以减租减息、没收汉奸土地为主的土地改革运动。

杨冰的肚子开始显怀了，宽大的军装也遮掩不了逐渐隆起的腹部，走路干活开始气喘。为了工作，她曾一度想拿掉这个孩子，但一想到和严实恩爱的情景，便打消了这个念头。虽然严实已经死了，但肚子里还是他们爱情的结晶，为亡者留下一根血脉，日后黄泉相见，也好有个交代。

一天，杨冰正在帮助战士洗衣服，杨政委的警卫员跑了过来，一眼就看见了杨冰，说："杨大姐，政委让你过去一趟。"

"什么事？"

"我也不清楚，你去了就知道了。"

杨冰急忙擦干手，跟随警卫员去了团部。

杨政委正在看文件，见杨冰进来，站起来迎上前，说："近来身体可好？"

“谢谢政委挂念，好多了。只是孩子越来越大，常常感到疲乏。”

“很正常嘛！十月怀胎哪有那么容易的。只有自己怀中有，才知爹娘苦啊！”

一提到父母，杨冰的眼里就蓄满了泪花。杨政委说：“好好保护自己的孩子，你的爹娘如泉下有知也会高兴的。”

杨冰点点头，算是认可，便擦干了眼泪，问：“政委找我，请问有什么指示？”

“我刚刚接到总部的文件，随着革命形势的发展，需要大批的干部，要求我们选拔一部分战斗英雄和有文化的青年战士到延安去学习。根据你的条件，我们准备推选你去，想征求一下你本人的意见。”

去延安学习？那是多少人梦寐以求的事啊！我杨冰何德何能怎么就被选上了呢？忙说：“我愿意。但我不明白，有那么多立过功的同志，为啥就选上我了呢？”

“这个简单，第一你是女性，又有文化，这理解能力肯定很强；第二，你现在是双身，不便于行军打仗，坐下来学习对胎儿有好处，这叫学习生子两不误嘛！”

“我资历太浅，应该让像刘大哥那样的战斗英雄去学习才对啊！”

杨政委说：“这个你就不要操心了，刘茂林这小子哪能少得了他呀！”

“真的？”杨冰高兴得几乎喊了出来，但还是控制了自己的情绪，淡淡地说，“他去才是应该的。”

杨冰细微的情绪变化被杨政委察觉到了。杨冰出身富户人家，从小娇生惯养，没吃过什么苦。长大成人，新婚之夜父母、丈夫却惨遭毒手，也算苦大仇深，幸遇茂林、维明搭救，也是不幸中之万幸，可惜徐维明壮烈牺牲，给她打击不小，数日来一直闷闷不乐，以泪洗面。现在，刘茂林成了她唯一的依靠，何不趁此机会成就了他们的后半生。杨政委是这样想的，也是这样做的，在接到总部通知选拔学员时，他第一个就想到了刘茂林和杨冰。但这种事情目前还不能挑明，只是尽可能给他们提供机会，让他们互相多了解、多沟通，增进感情，或许还能成就一桩美好姻缘，给世人留下一段乱世佳话。

杨冰的表情告诉政委，她的确在乎刘茂林这个人，于是说：“茂林同志和你一样，苦大仇深，投入革命队伍以来舍生忘死，为革命做出了很大的贡献。你也不错，通过这一段时间的磨炼，我觉得你和一般富贵人家的子弟不一样，能吃苦，敢于牺牲，有文化、有头脑，只要你好好学习，彻底改造自己的世界观、人生观和价值观，一定会成长为一名优秀的革命者。”

杨冰很喜欢听这位老大哥讲话，他每说一句话都有高度，都能让人思考，给人以启迪。杨政委的评价，让她感到兴奋，顿觉增添了无穷的力量。她谦逊地说：“我对革命还没有贡献，领导这样器重我，我一定好好努力，决不辜负领导的期望。”

“好，你回去准备一下，下午就有人来接你们。”杨政委说着，一直把杨冰送到大门口。

严实得到探报：王确秘密去了黑鹰峡。得知这一情况，严实心情一直不能平静。他一直思考这样一个问题：自己当兵为什么？不就是想报仇嘛！可是，自己的仇人摇身一变要成为国军了，和自己穿一样的军装，那自己成了什么？抛开冤仇不说，我堂堂留法硕士，竟然与土匪为伍，这党国还是党国吗？这世道咋成这个样子了？他不服气，立即打马飞过沙漠，越过黄河，找到了马怀成，将一肚子的怨气倾诉给这位敬慕的大哥。

马怀成听了严实的诉说，狠狠对着桌子擂了一拳：“贤弟不必过分悲恨，愚兄何尝不是这样想的，但我们权小位轻，能奈他何？”

“难道就这样算了吗？我岳父母，还有桃子，他们可是在明处看着我，这仇不报，我有何脸面活在这个世上，还是死了才好。”

“兄弟此言差矣，君子报仇十年不晚，目前局势还不明朗，谁也说不准，是西风压倒东风，还是东风压倒西风，我们可从长计议。”

严实说：“我有一个想法，不知道中用不中用？”

马怀成说：“说说看。”

“政府招安土匪，目前并未公开，我们不妨敲他一下，如果事成了，既报了仇，也为党国除了一害。如果上面知道追查，一来就说我们不知道政府的意思，二来只要人死了，谁还去理会这些事呢？”

马怀成一拍脑壳：“对啊！我怎么就没想到这些呢？快，事不宜迟，赶快准备。但是有一条，绝对不能让人看出我事先知道你们的行动。”

“只要大哥默许就行，我绝对不会出卖大哥。上面怪罪下来，我一人顶着。”

“这可要难为兄弟你了，去吧，兵贵神速。”

严实感激地上前拥抱马怀成，说：“请大哥保重，等待我们胜利的好消息。”

马怀成看了严实一眼，说：“去吧，我相信你。”

严实从团部出来，已经是掌灯时分，为了不让人发现他到过团部，便抄小路回了军营。

25

三贵和桂花被齐为群救出后，暂时安顿到村公所住下。虽然摆脱了骆金雄的追杀，但长期住在村公所也不是个办法，那个地方天天有人来，不是政府官员，就是驻地官兵，催粮要款，络绎不绝。不论是化装成当地百姓，还是公所保丁都会让人认出来。躲在隐蔽处，两个大活人，一时半会儿还可以，但时间一长也不是个办法，这事的确让齐为群为难。

三贵是认识齐为群的，但对他没什么好感。一来看他那副嘴脸就不招人喜欢，一身棕色绸衫绸裤，还戴着一副小眼镜。一张萝卜脸上镶着一对小眼睛，蒜头鼻子大嘴巴，还留着三寸多长的小分头，让人越看越不顺眼。二来做了个狗屁保长，成天进东家，出西家，不是催粮就是要款，简直就是政府的哈巴狗。可是，就是他救了自己和桂花，这人还真不能貌相。

三贵蹲在地上想心事，齐为群进来了，三贵站起来将信将疑地看着齐为群。一个保丁说："三贵、桂花，你们别怕，我们明里是保里的人，但真正的身份是罗山地下党的成员，他就是我们的齐书记，也是罗山游击队的队长。”

三贵仍然疑惑地盯着齐为群，齐为群上前拉住三贵的手说：“他说的是真的，我和外面的几个弟兄都是共产党员，我们知道你虽在匪窝，但没有做过坏事，所以在你处于危难之际，我们出手相救，就是为了保护我们的群众。但我们的身份还是隐秘的，不到万不得已是不能公开的。现在，你已经安全了，但此地不能久留，必须要将你们转移出去，因此我和小川同志过来征求一下你们的意见，看你们有什么打算。”

三贵一听，鼻子一酸，立刻跪倒在地，准备磕头。齐为群赶紧把他拉起来说：“别这样，我们不兴这个。”

三贵说：“谢谢齐书记搭救，我们原想逃出此地，流落他乡过一个正常人的生活就知足了。可是，现在我想加入你们的组织，我也要拿起枪，和那些王八蛋斗。”

齐为群说：“你的想法是好的，我们也欢迎，可是土匪是认识你的，如果你和我们在一起，我们也就暴露了，所以我想……”

三贵说：“别说了，齐书记，为了你们我和桂花这就离开此地，走到哪算哪吧！”

齐为群说：“别，别急，让我再想想。”

小川说：“我有个想法不知道行不行？”

齐为群说：“你说，什么想法？”

小川说：“我上一次去第二战区八路军办事处见刘主任时，听刘主任说他那里缺人手，总部一时半会还派不出来，我想把他俩举荐到刘主任那里去，正儿八经地当八路军吧！”

齐为群眼睛一亮，挠了挠头说：“我看行，这个主意好。”回过头对三贵说，“愿意参加八路军吗？”

三贵一听，急忙说：“愿意，愿意，我早就听说了，八路军是好人。”

齐为群哈哈一笑：“这事就这么定了，小川同志，他俩我就交给你了，你一定要把他们安全地送到刘主任那里。”

“好，保证完成任务！”小川欣喜地接受了任务。

齐为群说：“好，晚上就出发。现在还有一点时间，我就给你俩说说八路军以及你们到刘主任那里要注意的事项。”

三贵和桂花高兴地互相看了一眼，一起给齐书记鞠了一个躬。

半年来，骆金雄匪帮惨遭不顺，除了损兵折将外，并没有捞到什么好处，眼看坐吃山空，却没有任何指望。方圆数百里富户人家几乎都劫了一遍，再去搞也没有多少油水。一般家户都是吃了上顿没下顿，哪里还有可挤榨的东西，何况共产党的地下游击武装时不时找麻烦，马家军也与自己势不两立，生存空间愈来愈小。若想向外发展，也不可能，北有郭栓子，南有马绍武、张海禄，东西都是沙漠戈壁，何以立足？骆金雄一筹莫展时，王确带来的话无疑给他打了一针兴奋剂，恨不得立马换上那身黄皮，吃上香喷喷的大米饭和羊羔肉，领白花花的饷银。于是便对王确说：“走，我们立刻去马副司令那儿磕头去。”

王确说：“不忙，舅舅，您这么多年与官府官兵为敌，这么空手去，一来人家怀疑我们的诚意，二来我们说话底气也不足。不如，我们……”他压低了嗓门，附在骆金雄的耳朵边嘀咕。

骆金雄一听，哈哈大笑，说：“真他妈的是俺的亲外甥，好，就这么办。”说完，对二掌柜王僚说，“二掌柜的，告诉弟兄们，咱们现在已经是国军了。去，把那些酒肉全拿出来，让大伙吃饱喝足，我带弟兄们发财去。”

一更时分，匪徒们吃喝完毕，骆金雄把众匪徒召集起来，从中挑选了十五名身手敏捷的匪徒，换上短枪，化装成马帮的商人，点了刘丕随行，亲自带队向省城方向而去，留下二掌柜的、邢牡丹、吴师爷和其余匪徒看家。

严实回到营部，立即召集几个连长开会，一连长和二连长闻讯急忙赶来，只缺三连长一人。严实在营部里急得来回踱步，三连连副跑来报告：“三连长说他的腿还不利索，让我参加会议，回去传达。”

严实明显有些生气，但还是强压住怒火：“既然这样，我们就不等了，现在开会。”

几个人正襟危坐，不知道营座要干什么。

严实说：“今天这么晚把哥几个招呼来，就是一件事，我白天打探到骆金雄匪部为了一个逃跑的马仔，将后沟村的老百姓抓起来拷打折磨，不料半路杀出了一个程咬金，仓皇逃回匪窟。据我估计，他们今晚是不会再出去的，所以我们利用这个时机，直取黑鹰峡，将他们一锅端了。”

“好，好，我赞成！”一连长说。

二连长说：“好是好，请示团长了吗？”

严实说：“为了不惊动团座，我们单独行动，等成功以后再禀报团座。”

二连长说：“如果成功了还好说，如果不利，我们可要吃官司，那擅自动用军队的罪名可是吃不消的。”

严实说：“哥儿几个放心，一切责任由我来承担，绝不连累大家。”

三个人起立，齐声说：“请营座下命令，我们坚决执行。”

“好，好，好！”严实扫视了三个人一眼，说，“现在，我命令：三连留守营部，一连、二连立刻集合，直捣黑鹰峡！”

26

三贵和桂花化了装，在小川的带领下，骑马沿官道直奔省城而去。

三贵喂了多年的马，但真正在马背上驰骋还是第一次，再加上他要去的是一个令人向往的地方，心情有说不出的激动。特别是齐书记给他讲的那些共产党和八路军的事情，让他对共产党和八路军有了更加深刻的认识，只怨自己逃离的有些晚。桂花骑在马上，心里想着爹和娘，还有未处一天的公婆，心情有些复杂，但跟着心爱的人走，未来是好是坏都不含糊。

人间四月天，正是草长莺飞的季节，平坦的塞上大地，春灌春种已经全面拉开序幕。夜色中隐隐约约还能看见农民白天焚烧稻根的火堆，火燎过的稻田里，黑乎乎的一片连着一片，空气中飘散着泥土的芳香。三贵想：要是不打仗，自己和桂花到黄河岸边租两亩地种上稻子和油菜，养上一群鸡鸭，再生一个大胖小子，那是多么令人惬意的生活啊！

三贵遐想着、憧憬着，忽然跑在最前面的小川的紫红马嘶鸣一声，随即放慢了步伐。三贵紧跟上前，小川说：“有情况，千万别出声、别露脸，我来应付。”

三贵朝前面一看，一支马队从河湾下面的便道上飞驰而来，上了官道。小川警觉地拔出手枪，问：“干什么的？”

跑在前面的人回答：“跑马帮的，我们正要去给省城送货。你是哪个山头的？”

“蠢猪，连话也不会说，给我闭嘴。”另一个人压低嗓门骂。

三贵觉得那声音似乎很熟悉，但一时想不起来。小川低声说：“好像是土匪，我们人少，装聋作哑，别说透。”然后大声说，“原来是马帮，天这么黑都想着发财啊！我们是后岔民团的。”

“哦，原来是官家，辛苦了。”对面人答。

小川说：“都一样，都一样，为官为商都是为了混口饭吃。这不，政府的事，俺们这些小杂弥子连觉都不得睡。”

“是啊，是啊，我们也是为了几个辛苦钱，没办法，请官家先走。”对面人一边回话，一边让开了道路。

小川说：“在下公务紧急，就先走一步了，请各位兄弟慢走。”说完，打马向前奔去。

三贵和桂花屏住呼吸，连气也不敢出，心却怦怦跳个不停。一看小川朝前冲去，便双腿夹马跟了上去。在路过那群人时，他瞥了一眼，立刻惊得出了一身冷汗。

跑过二十多里地，三贵追上小川说：“我看清楚了，那帮人是土匪，是骆金雄的人，他也在其中。”

小川说："我早就看出来了，才和他们言语对付。"

"他们要去省城干什么？"

"是啊，他们去省城干什么？省城有数万军队把守，即使马家军都是草包，十几个人进去，每人啐口唾沫也把他们淹死，难道……"

小川一路走，一路思索，但百思不得其解。

骆金雄按照王确的指点，挑选了十几个骨干分子，与王确一起星夜赶往省城，他们的目标就是刺杀驻省城的八路军办事处的刘主任和干部们。用王确的话说，成功了，是舅舅骆金雄送给国民党甘肃和宁夏省主席的见面礼，虽然他们对共产党八路军恨之入骨，但还在国共合作期间不敢动手，若让土匪做成这件事，谁都能说得过去。如果不成，事情败露，也可把罪名加在土匪头上，也能说得冠冕堂皇。而骆金雄急于找个靠山，快速升官发财，觉得冒这个险还是值得的。

王确来过省城几次，对只有一条主街道的这个西部小城还是熟悉的，特别是八路军办事处，他带着好奇心去看过两次，地理位置熟悉，这次还真用上了。到了省城，他们找了一个车马店将马拴到马厩里，用黑巾蒙面，悄悄潜入八路军办事处的隔壁隐藏下来，只等夜深人静，伺机动手。

小川带着三贵和桂花连夜赶到省城，见了刘凤翔主任，将他们的事详细叙说了一遍，刘凤翔说："好啊！我们这里正缺少人手，三贵和桂花的到来，也给我们帮了大忙，欢迎，欢迎啊！”

三贵高兴地说：“刘主任，请给我们分配工作吧。”

刘凤翔说：“唉，急什么，先休息休息，明天就给你们安排。小川同志也累了，你们都去休息吧！”说完将警卫员喊了进来，“带他们去休息，一定要招待好，他们还没吃饭呢！”

小川忽然记起路上遇见骆金雄的事，急忙说：“刘主任，我们在路上遇见骆金雄了，也往这边赶，估计现在也已经到了。”

“哦，有这事？你确定是骆金雄他们吗？他们有多少人？”刘凤翔惊讶地问。

“没错，就是烧成灰，我也认得他，他们肯定有什么企图，有十五六个人呢。”

刘凤翔思索了一会儿说：“好了好了，没事，你们去休息吧。小王，回来时，通知一下李排长，让他到我这儿来。”

骆金雄一伙躲在墙后面，想等办事处的灯熄灭后再发起攻击。可是，隔着墙洞望去，里面一直有人走动，那盏灯一直亮着。骆金雄有些不耐烦，抹胳膊捋袖子，恨不得立即冲进去剁下几个人头来，但每次都被王确拦住了：“我的老舅，能不能忍耐一点儿，共产党的那些人可不是好对付的，他们个个以一顶十，甚是了得，我们这几个人进去，还不让人家包了饺子！只有他们睡着了，我们趁其不备，才能得手，急什么呢？”

“好好好，我是山狼，进了城还不如人家一条狗，听你的，听你的。”骆金雄一边说，一边在地上打转转。

办事处内，一场瓮中之鳖的布局在悄无声息地进行。刘凤翔送走小川、三贵和桂花之后，觉得小川他们反映的情况不可小视，结合近日来，有些地方反共形势越来越严峻，武装冲突时有发生，国民党特务化装成土匪枪杀我干部战士和地下党组织成员的事件屡屡发生，如此看来，这偏僻的西部小城也不太平。树欲静而风不止，新一轮反共阴谋在抗战即将结束的时候，有可能上升为主要矛盾。有备而无患，刘凤翔立即将警卫排长找来，吩咐全排战士和工作人员按常规就寝，熄灯后又悄悄起来，隐蔽在院子东西北三个方向，只在南面安排了岗哨。刘凤翔估计，敌人若来偷袭，定走南门无疑，因为南面是一片开阔地，没有人家和店铺。待安排完毕，刘凤翔走进位于院子中央的办公室，坐下来淡定地看起文件来。

27

严实带领两个连，徒步直捣黑鹰峡。进入峡口，峡内特别宁静。黑鹰峡长五十多千米，宽不足百米，最窄处仅容一辆大卡车通过，两面都是百丈峭壁悬崖，洞窟不计其数，是个易守难攻的关隘，历朝历代都是土匪贼人藏匿的好地方。

严实观察了一遍地形，并对着地图看了好半天，感觉到剿灭这里的土匪并非易事。他和两个连长商量一番后决定：一连从峡底沿大路挺进，二连分为两组，一组由二连长带领，一组由严实亲自带领，沿山间小道攀援而上，三面夹击。

山路只有一脚宽，有的地方连路也没有，只有踩着石窝窝树根往前挪动，前进速度明显慢了下来，而担任正面突击的部队已经接近匪窟。严实只好将小组交给二连连副带领，自己跳下石崖，沿峡底追赶一连。

十分钟后，严实终于赶上了一连，人已累得气喘吁吁，汗流浃背。一连长报告说："已经发现匪徒岗哨，我已经派侦察兵上去了，让他们抓一个回来讯问。"

"好，摸清情况再行动。"严实走得上气不接下气，一连长说："营座休息一下吧，有我保证不误事。"

严实说："大战之际，主官怎么能休息呢？给我一口水就行。"一连长赶紧将水壶递了过去。严实喝了一口水，顿感浑身清凉，便坐下来等待侦察兵归来。

严实刚坐下没几分钟，派去侦察的人就回来了，还带了一名匪徒。那匪徒见了严实，扑通一声跪倒在地，连声求饶："长官饶命，长官饶命，我上有……"

严实厉声喝问："废话少说，赶快将里面的情况说清楚，便饶了你，如果耍滑头，我立即送你去见阎王。"

匪徒连声说："我说，我说，里面只有六七十个人，二掌柜的领衔挂帅守候。"

"骆金雄呢？"

"大掌柜的和他的外甥王确去了省城，至于去干什么，我就不知道咧！"

一连长用枪顶住匪徒的头问："此话当真？"

"当真，当真，若有半句谎话，您打碎我脑壳。"

骆金雄不在，这让严实有些扫兴，但是已经来了就不能空手回去，杀几个抓几个也不虚此行。

一连长请示严实："打不打？"

严实估计匪徒说的不假，便说："打，但投降的一定不要杀，他们中间也有穷苦人。"

一连长领命，率领战士冲进了洞口。里面很黑，什么也看不见，便抄起一支卡宾枪扫射起来。枪声惊动了正在酣睡的匪徒，有的还没弄清是怎么回事，便死在乱枪之中，有的连裤子也没穿，就拿起枪抵抗。二掌柜的正和邢牡丹调情，情趣盎然之际，突如其来的枪声吓得他衣服也穿错了。

黑暗中，二掌柜的知道有人抄了老巢，硬拼下去肯定吃亏，便大喊：“弟兄们，撤，到鹰翘岩会合。”说完，拽上邢牡丹边打边向洞内退去。

枪声渐渐稀拉下来，后面进洞的士兵点起了火把，把洞内照得通明。严实走进去，发现地上躺着十几具尸体，还有凌乱的枪支、子弹、衣物和被褥。骆金雄的洞窟里整洁干净，没有丝毫杂乱，印证了那位匪徒的话，骆金雄确实不在，就连二掌柜的、邢牡丹等都不见人影。

严实命令：“搜！”众兵士立即散开，四处搜索，但一会儿都回来了：“洞是通的，还有出口，且不止一个。”

严实攥紧拳头，狠狠地在岩壁上捶了一拳，愤恨地说：“狡兔三窟，没想到洞里别有洞天，还是让这些王八羔子跑了。”

一连长说：“营座，我们已经消灭了十九名土匪，缴获也不少，也没有白来，您看？”

严实摆了摆手：“打扫战场，收兵回营。”

与此同时，骆金雄再也耐不住了，要冲进去，王确爬上墙头，发现里面除了刘凤翔办公室的灯还亮着，其他房间全部漆黑，便觉时机已到，对骆金雄说：“你看，南墙拐角处那棵树背后肯定有哨兵，为了不惊动其他人，首先要解决掉哨兵，然后冲进亮灯的房间，那里就是共产党的头目刘凤翔的办公室。只要杀了他，带上他的人头赶紧撤回，绝对不能恋战。如若惊动了东厢房里的警卫或当地国军，那我们可就死无葬身之地了。”

骆金雄轻轻拍了王确肩膀一下，说：“外甥真不愧是部队里锻炼出来的，想得还真周全。刘丕，上！先干掉那个哨兵，我们等你的手势再上去。”

刘丕应了一声，立即翻墙而进，从墙根溜过去，逼近树后面的哨兵，一手捂住哨兵的嘴，一手拔出匕首，使出全身力气扎向哨兵的心窝。骆金雄看得清楚，那哨兵连哼都没哼一声就倒在了地上。

骆金雄见刘丕已经得手，不等刘丕发信号，便朝后面一招手，率先跳进了院子，后面十几个也跟着翻墙而入，直奔刘凤翔办公室。

刘丕一刀下去，觉察不对劲，感觉刀子好像扎到了棉花上，细一看，骇出一身冷汗，原来那哨兵不是真人，而是填了烂棉絮和干草扎的稻草人。他知道上了当，肯定有埋伏，想告诉骆金雄，还没来得及喊，就发现骆金雄带了十几个人进了那间亮灯的办公室。

骆金雄亲自打头阵，破门冲进办公室，却发现椅子上坐的不是人，而是一个铺盖卷，刘凤翔的中山装和帽子还披戴在上面。

骆金雄一看不好，大喊：“撤！我们中计了。”众匪徒一惊，刚准备逃跑，只听一声大吼：“放下武器，缴枪不杀！”

骆金雄哪里顾得了这些，胡乱向外开了一枪，就往外冲。众匪徒举枪还击，只见外面一阵扫射，十几个匪徒应声倒地。骆金雄钻到一堆柴火后面吓得发抖，却被人上前一把拖了出去。他以为被八路军抓住了，挣扎着想来个鱼死网破。可那人小声喊了一声："大掌柜的！"他定眼一看，原来是刘丕。他手握两颗手榴弹甩到南墙根，只听轰隆一声，南墙炸开一个缺口，两个人趁着烟雾爬了出去，正好迎上等待接应的王确和吴师爷。四个人一边开枪还击，一边仓皇向南逃去。

刘凤翔和战士们见土匪死的死，跑的跑，也不再追击，打开院内所有电灯，打扫战场，毙敌十三人，却没有发现匪首骆金雄。

胡三贵和小川被枪声惊醒，跑出来看时，战斗已经结束。三贵看了几具尸体，确认是骆金雄的手下无误，高兴得跳了起来，再看却没有骆金雄，气得直跺脚。刘凤翔拾起刚缴获的两把驳壳枪递到三贵和桂花手中，说："这枪归你们了，明天就换上八路军的服装，你们就是正式的八路军战士了，好好练习枪法。骆金雄是跑了，但他逃过初一，绝对逃不过十五，权当给你们留着当靶子吧！"

三贵笑了，爱惜地擦了擦枪上的尘土，将枪别在腰间，学着军人的样子，给刘凤翔行了一个庄严的军礼。

28

骆金雄等四人出了南城门，找到车马店，牵出马准备逃跑。店主看着那些客人，寄马时有十几个，可回来牵马的只有四个人，甚是疑惑，便拉住吴师爷的马笼头问："爷，那些马怎么办？"

吴师爷急于逃命，抽出马鞭朝店主的头就是一马鞭，说声："归你了。"便打马追赶骆金雄。

店主挨了一鞭，脸上火辣辣的疼，刚想开口骂娘，但忽然明白过来，说声："哈哈，我发财了！发财了！"便笑晕过去。

骆金雄跃马一路狂奔，快到黑鹰峡时听见峡内响起了激烈的枪声，说声："大事不好。"蹲在地上便号啕大哭起来。

王确战战兢兢走上前去安慰，没想到骆金雄突然拔出枪来顶到王确的脑门上，恶狠狠地说："都是你小子，害的我人死帮散，我还要你做什么！"

王确发现舅舅来了真格的，扑通一声跪倒在地上说："舅舅，我可是你亲外甥，我只为舅舅着想，从来没有害舅舅的心，您可不能胡来啊！"

骆金雄气急败坏地说："我说尽早投奔马副司令，可你偏要什么见面礼，这下可好，就剩下我一个光杆司令，我拿什么去和马副司令讨价还价？"

吴师爷赶忙上前压下骆金雄的枪口说："骆爷息怒，王营长也是为咱着想，只是我们运气不好罢了，有王营长在，您还怕没饭吃吗！"

骆金雄瞪了吴师爷一眼："你们早干什么去了，关键时候派不上用场。"

四人骑着马一路狂飙，四更时分赶到黑鹰峡附近听见峡内激烈的枪声，骆金雄突然跌下马来号啕大哭起来。吴师爷安慰说："大当家的，峡内枪声虽紧，我想国军也占不到什么便宜。您忘了，我们那洞穴可是有十八个出口呀！"

骆金雄被吴师爷一提醒，立即来了精神："走，我们上鹰翘岩。"

王确说："舅舅，您别急，大不了把我的营给您一半儿。"

严实从黑鹰峡回来，就给团长马怀成发电报，报告战况。马怀成回电："知晓，对外口径一致。"

严实刚看完电报，就收到旅部的电文，口气很硬，大致意思是："骆部为我军之友军，在无许可情况下剿灭其部，存何居心，督促团部查办。"

严实将电文狠狠地掷在桌子上，走出了营部。

三日后。严实早上起来，照例去了操场，督促各连练兵。整齐的队列，昂扬的士气，让严实感到很快慰，毕竟马怀成对这支部队倾注过心血，如今在他手里没有废掉，总算还有个交代。看着士兵们操练，严实也从训练场上拿起一支木枪，练习起刺杀来，一招一式，稳、准、狠，围观的一排士兵欢呼叫好，更增添了他的兴致，把一把木枪抡得虎虎生风。

就在这时，远处，几辆军用吉普车向这里驶来。严实赶忙换上军装，整了整风纪，出门迎接。车子到了近前，原来是何旅长、马团长，还有几个宪兵和警卫。严实上前行了一个军礼，何旅长略微点了点头，算是回礼。严实瞥了一眼，发现何旅长表情严肃而凝重，跟在后面的马怀成马团长回了军礼，小声对严实说："别怕，有我呢。"

严实听了马怀成的话，心里踏实了许多，赶忙跑上前去，为何旅长开门。

何旅长一进营部办公室，便说："好你个大胆严实，既不请示，也不汇报，就自作主张擅自采取军事行动，你还知道有军法吗？"

严实说："请旅长息怒，我确实是擅自用兵，知道错了，甘愿受军法处置。"

"来啊！将严实的枪缴下，押回旅部送军事法庭审判！"何旅长话音未落，两个宪兵气势汹汹走上前准备下严实的枪。

"慢！"马怀成止住宪兵，上前一步对何旅长说，"旅座，如果严实确有错误，也是我马某管教不严所致，要罚就罚我吧！"

何旅长指着马怀成的鼻子说："你以为我不敢吗？"

“旅座向来英明，绝对不会错罚一人。”

“这么说，是我错怪你们了？”

“旅长，严实领兵剿灭土匪，为地方除害，这本身就没错。何况自古有将在外不由帅的遗训，他擅自出兵，却未折一兵一卒，且缴获丰厚，也算功过相抵，就不罚他了吧。”

何旅长敲着桌子说：“马怀成啊马怀成，我不是跟你说过嘛，骆金雄昨日是土匪，今天他可就是我们的弟兄了，这你不知道吗？”

马怀成说：“是，我知道，但在还未成事实的情况下，我的部下却不知道，他们打的仍然是土匪，总不能连剿匪也有错啊！”

何旅长无言以对，转了几个圈说：“你们这事干的，让我怎么跟马副司令说呢？”

马怀成上前一步说：“旅座放心，您就按照我说的办，保证马副司令不会怪罪您的。”便把头凑过去，悄悄耳语几句后，何旅长说：“看来，只能这样了，谁让我这么喜欢护犊子呢！”说完，摆摆手，示意宪兵和警卫统统退出。

长官不发话，严实站在那里不敢动弹。马怀成给严实使了一个眼色，说：“旅座还没有吃饭呢，听说你们这里的羊羔肉非常好吃，还不赶快给旅座端上来！”

严实忽然明白马怀成的用意，立刻跑出去，吩咐后勤班杀鸡宰羊，犒劳何旅长。

酒足饭饱，何旅长打了一个响亮的饱嗝，说：“好吃，这罗山周围的羊肉就是好吃，不腥不膻，还蛮嫩的。”

马怀成说：“那就请旅长多光顾几次。”

何旅长说：“就为吃这块肉，还要我颠簸一天，这鬼地方不来也罢。不过，这件事就这么过去了，谁让他骆金雄磨磨蹭蹭，狗不大脾气还不小，跟我讨价还价，现在他恐怕弄个连长也难啊！”

马怀成附和说：“是啊，他也不知道天有多高地有多厚。可是我就弄不明白，马副司令怎么就和一个土匪联合呢？”

何旅长说：“你不懂了吧，这就是政治。党国本身不就是多股土匪军阀组合起来的嘛。为了抗日，我们不是还和共产党合作嘛。现在和骆匪合作还稀奇吗？”

马怀成说：“那倒也是。”

何旅长说：“你我作为军人，服从命令乃是天职。至于谁跟谁联合，谁跟谁斗，就不是你我操心的事了。好了，好自为之，把东大门给我看好就行了，走喽！”

送走何旅长，马怀成长长出了一口气，拉住严实的手说：“兄弟可要多长几个心眼，特别是在骆金雄的问题上，千万不能感情用事啊！”

严实说：“骆金雄这辈子不管换上什么皮，他都是我的仇人，我是绝对不会和他为伍的。”

马怀成说：“兄弟乃性情中人，为情为仇这样想，也在情理之中，但我怕兄弟处理不当，不但仇报不了，而且会引火烧身。听大哥一句话，君子报仇十年不晚，此事得从长计议。”

严实说："请大哥放心，我严实不是莽汉，会审时度势，处理好一切的，绝对不连累大哥。"

马怀成说："还要保全你自己啊，留得青山在，不怕没柴烧，不再啰唆了，我走了，保重！"

马怀成钻进汽车扬长而去，严实怔怔地看着车后扬起的尘土，只觉得鼻子酸酸的，泪水湿润了双眼。

29

骆金雄到了鹰翘岩，从山洞里逃出来的匪徒陆续汇聚而来，一清点，只剩下四十几个。骆金雄垂头丧气地坐在岩石上，一言不发。

吴师爷说：“还好，骨干还在，骆爷不必丧气，要不了半年，我们还能拉起百十人，甚至几百人的队伍。”

王确说：“我们现在人少力单，若遇到国军进剿，我们可就完蛋了，不如我们立即投奔马副司令去。”

二掌柜的也说：“到了这个节骨眼上，还是保存实力要紧。我们现在投奔过去韬光养晦一阵子，等势力壮大了，想摆脱他们的束缚还不是一句话的事儿嘛！”

王确说：“我可以让营里一部分士兵调过来，归舅舅调遣。”

“那怎么成？把你的人给我，你岂不成了光杆司令了吗？”

“舅舅别担心，过来一些，我那儿不就有空缺了嘛，有了空缺，我可以少发一份军饷，这年头树上的毛毛虫都咬人，就是银子不咬人。”

骆金雄呵呵一笑，说：“真没看出来，我外甥长本事了，也学会吃空饷了。”

王确说：“舅舅，你去打听打听，现在谁没有吃空饷？我王确不是第一个，但绝对是第一次。”

骆金雄说：“我们自由自在的日子到头了，弟兄们！你们跟随我多年，打打杀杀，担惊受怕，也是饥一顿饱一顿，没过上什么舒坦日子。现在，我们连个窝都没有了，只好投奔国军，到了那里可得受人家的气，服人家的管，愿意去的跟我走，不愿意去的就回家吧，大哥现在连路费盘缠也给你们发不了，等以后日子过好了，我一定补上。”

几十个匪徒齐声说：“我们愿意跟随大掌柜的，上刀山下火海，俺们都认了。”

骆金雄说：“好，既然大家都愿意去，那么就得听我的，以后再别叫我大掌柜的，叫我骆队长好了。”

“是，骆队长好。”

“哈哈哈，他妈的，这好像还有那么一点味儿。”骆金雄有些飘飘然。

王确说：“走，我们换装去。”

在王确的引荐下，骆金雄进了省城，觐见了马副司令，马副司令二话没说，就封骆金雄为别动队队长，并给了他一个营的装备。骆金雄高兴地把镶有上尉领花的军装捧在手上亲了又亲。

换了装的土匪，个个眉开眼笑。平日里钻惯了石窟涵洞的土匪，第一次端着枪走在明晃晃的大街上，一时还真有点不适应。他们怕看人，怕阳光，怕吹风，街上一有响动，便躲到墙根下，惹得街上民众哈哈大笑。

“笑什么笑？没见过演习吗？”骆金雄对着街道大骂，“他妈的，都给老子打起精神来！”

百姓见到这么一个凶神恶煞的人直吼叫，便四下散开，众匪徒重新走上大街，煞有介事地走起正步，只见数百条腿七上八下，踏得街道尘土飞扬。

胡三贵被刘凤翔安排到后勤组工作，他身穿八路军制服，提了一个篮子，准备去市场买菜，上了街就碰见一群四不像走了过来，便探出头和百姓一起看热闹。头刚一伸出去，立马吓了一大跳，那不是土匪吗？怎么成了国军？难道太阳真的从西边出来了？他瞪大疑惑的眼睛寻找骆金雄，果然也在队伍其中。三贵不由自主地打了一个寒噤，正想走开，骆金雄也发现了三贵，同样的吃惊，同样的疑问在他脑袋里闪现。

“是他，这个狗日的，竟然跑到省城来了，还当了八路。”骆金雄这一叨叨，众匪徒立刻将三贵团团围住。

情急之下，三贵顺势拾起地上一块砖头，以防不测。骆金雄见状，上前一步，说：“呵，三日不见，长本事了，还当上了八路，能耐不小啊！”

三贵啐了一口：“呸，土匪！”

骆金雄狞笑着说：“你小子也不看看，爷现在是国军，这省城是咱国军的天下，你个小王八蛋终于又落到老子手里了。上，给我带走！”

三贵往后一退，指着几个土匪说："谁要敢上来，老子就跟他拼命。"

"上！一个黄嘴鸭娃子还想啄老鹰的眼。"骆金雄一挥手，几个匪徒一齐冲了上来。三贵抡起砖头，只听砰的一声，一个匪徒的脑袋上飘起血花，其他几个匪徒趁势将三贵压在身子底下。

忽然，有人高喊："住手！"骆金雄一愣，循声望去，一个魁梧的军官从车上走下来，"你们在干什么？堂堂党国军人，光天化日之下群殴，成何体统？"

几个匪徒立即松手，三贵满脸血污地从地上挣扎着爬起来。军官一看，吃了一惊，赶忙上前搀扶起三贵，说："小兄弟，怎么样？没伤着吧！"

三贵一看，又是一个穿黄狗皮的，便气呼呼地说："别假惺惺的，八路军死都不怕，还怕流点血？"

军官转过头，问："为什么打他？他可是我们的友军啊！"

骆金雄不屑地说："友军个屁，他本来就是我的马弁，从我那里逃跑就投了八路，你说该不该收拾？"

军官问："你们是哪一部分的？"

骆金雄左右看了一眼，咯咯咯地笑了起来："哪一部分？老子行不更名，坐不改姓，大爷就是黑鹰峡骆大掌柜骆金雄。怎么？想抱打不平吗？"

军官一听是骆金雄，瞪大了眼珠子，说："原来你们是土匪，既然不做土匪了，投奔国军也是好事，可你们不能目无法纪啊！”

骆金雄说：“什么？他说什么？法纪？谁的法纪？老子就是法纪，识相的别管闲事。”

军官说：“你想怎么着？”

骆金雄说：“让开，别管闲事，否则，爷的枪可谁都不认。”

站在一旁的两个卫兵见骆金雄掏枪，哗啦一下，两人手中的卡宾枪已经上了膛，威严地说：“不许动，谁敢与我们团长过不去，小心自己的脑袋成了筛子。”

“团长？”骆金雄拔枪的手缩了回来，赶忙说：“嘿嘿，误会，误会，我们走！”往后退了两步，转过身灰溜溜地跑了。

军官将三贵扶上车，径直开往八路军办事处。

听见车响，刘凤翔赶忙从房子里跑出来，一看三贵满脸血污，惊讶地问：“这是怎么回事？”

军官上前敬了一个标准的军礼，说：“刘主任好，我是八十一军独立团团长马怀成，路上遇见几个兵痞殴打这位兄弟，就救了回来，实在抱歉。”

“哎呀，谢谢你，马团长。”刘凤翔主动上前握手说，“现在此类事件经常发生，让人担忧啊！”

马怀成说：“实在不好意思，请刘主任海涵！”

刘凤翔问：“怎么？你认识我？”

马怀成说：“一年前，我听过刘主任的演讲，获益匪浅啊！”

“哦，好好好，这么说我们已经是老朋友了，屋里请，我们好好谈谈。”刘凤翔热情地把马怀成让进办公室，回头询问三贵的伤情，三贵神秘地说：“没事，是土匪的血，我没受伤。”

刘凤翔欣慰地点了点头。

30

杨冰和刘茂林如愿以偿来到了延安，这里的天是明朗的，地是明朗的，就连空气也是明朗的，一个明朗的世界突然呈现在他们面前，感觉自己精神了不少。再看那里的人，个个脸上洋溢着明朗的笑，他们好像没有忧愁，没有痛苦，没有悲伤，他们的脸上永远充满着自信和快乐，充满着理想和希望。

这种情绪感染了杨冰，感染了刘茂林，行走在延安的大街上，他们似乎又回到了童年时代。

他俩被安排到延安大学学习，开学典礼上，教员们教他们唱校歌："黄河之滨集合着一群 / 中华民族优秀的子孙 / 人类解放　救国责任 / 全靠我们自己来担承 / 同学们　努力学习 / 团结紧张　严肃活泼 / 同学们　积极工作 / 艰苦奋斗英勇牺牲 / 我们的传统 / 像黄河之水汹涌澎湃 / 把日寇驱逐于国土之东……"

杨冰很快就学会了这首歌，嘴里一直不停地哼着，似乎已经淡忘了半年多前那场劫难。刘茂林看在眼里，喜在心头，这个一米八的汉子最见不得女人的眼泪。以前，杨冰哭，他听着难受，杨冰悲伤，他也跟着焦急。他是个把所有苦难都往肚里吞的主儿，从不掉半点眼泪。现在，杨冰终于回到了正常人的生活心境里，他岂有不高兴的道理。

杨冰的肚子越来越大，行走已渐吃力，但仍然坚持上课，刘茂林总是形影不离地跟着她，帮她拿书、整理笔记、洗衣服、刷鞋，凡是体力活儿他全包了。杨冰看在眼里，把感激埋进心里。作为结过婚的女人，她已没有什么奢望，但她希望刘茂林成为自己的大哥，一个能知热问暖的大哥。而刘茂林却从来没有这样想，自从救了她的那一天起，刘茂林一直喊她为丫头，即使知道她结过婚，还是不改初衷。在他的心里，她还是一个天真烂漫的小丫头。

时令已过八月，天气渐渐凉了下来，而他们的爱情却升温了。刘茂林正在给杨冰洗袜子，几个同学过来了，他想藏却没来得及，正好被同学谷倩抓了一个现行。她一把拎起湿漉漉的袜子在院子里边转圈边喊："你们快来看啊，茂林给媳妇洗袜子了。"

听到喊叫，院子里立刻聚拢了一大堆同学，七嘴八舌地要他俩交代。刘茂林红着脸上去追谷倩，谷倩左躲右闪，让刘茂林一次次扑空。同学们的喊叫声越来越响，围观的人越来越多，刘茂林站起来，一把夺过谷倩手中的袜子，说："有什么好起哄的，给自己媳妇洗个袜子怎么啦？将来我还得洗尿布子哩！"

杨冰本想解释几句，却不料刘茂林先入为主，当着大家的面承认了。杨冰心头一热，泪水便哗哗地往外流。同学们一听刘茂林已经承认了，再闹也无趣，便纷纷散开。空旷的校园里只留杨冰嘤嘤的啼哭声。

刘茂林自知这些话是在情急之下才说的，但未尝不是真心话。说出来以后，感觉轻松多了，几个月来一直藏在心底里，憋得他难受。听见杨冰哭，他慢慢走过去，把她扶起来，说："别哭了，我说的是心底里的话，如果伤了你，你权当没听见。"

杨冰还在哭，抹着眼泪说："可是我听见了呀！"

"你没听见？"

"我没听见，你再说一遍。"

刘茂林已经从杨冰婆娑的泪眼中读出了真爱，便大声说："我爱你！我永远爱你！"

杨冰羞赧地笑了，一头扑进刘茂林怀里。那一刻，天旋地转，刘茂林找不着北了。

满山遍野的黄菊花开了，杨冰也生了。在延安大学的一孔窑洞里，一个女婴降生了，让杨冰感到快慰而伤心，她给女儿取名菊香。

前线捷报频传，杨政委每半个月都给这位妹妹写一封信，告诉她战地生活和斗争情况。部队已经转战河北，攻占了张家口。半年多就拔掉鬼子据点三十多个，大面积国土回到了人民的怀抱，让杨冰兴奋得睡不着。喜闻战友奋勇杀敌，自己却捧着书本风雨不惊，刘茂林更是心急如焚。

他去找校领导，要求提前归队，老校长呵呵一笑，说："急什么？我还等着吃你们的喜糖哩！”

刘茂林有些难为情，但还是坚持要走。老校长说：“年轻人哪，眼光要远一些，目前革命形势喜人，日本鬼子蹦跶不了几天啦！今后，我们的任务更艰巨，工作更伟大。特别是你们这些年轻干部是我们部队和根据地非常需要的，所以你们一定要学好理论，只有好的理论才能指导实践嘛！”

刘茂林静静地听着，老校长侃侃而谈，从十月革命谈到中国共产党的诞生，从“八一”南昌起义到建立井冈山革命根据地，从第五次反围剿失败到红军长征，从抗日战争到太平洋战争以及欧洲战场，从国共对抗到合作。老校长如数家珍地讲身边一个个战斗英雄和革命烈士，讲的人如拉家常，听的人忽而动容，忽而悲啼，一直谈到东方破晓。

刘茂林放弃了提前归队的打算，一边学习，一边照顾着杨冰母女，小小的窑洞里不时传出婴儿的哭闹声和他俩的嬉笑声，给这个庄严而静谧的校园带来几分情趣与活力。

一九四五年二月十四日，刘茂林和杨冰在延安大学的教室里举行了俭朴而隆重的婚礼，老校长主持了婚礼，杨政委专程从前线赶来，为他们证婚。

31

半年后，日本帝国主义宣布无条件投降。

沉浸在喜悦中的中国人还没有回过神来，国内的空气陡然紧张起来。刘凤翔一边收听电台的节目，一边来回踱步，表情复杂而凝重。电台播出了三条消息，一是日本宣布无条件投降；二是国民党发布命令不允许八路军和新四军接受日本投降；三是朱总司令发布命令，所有八路军、新四军依托现有根据地向日伪顽军发起最后攻击，迫使他们向八路军、新四军投降。

刘凤翔将李排长和几个干事召集起来开会，刘凤翔说："日本宣布无条件投降，这是天大的好事，可是国民党反动派却不让我们接受投降，这里面有很大的阴谋。从现在起，革命将面临复杂形势的考验，因此，我们斗争的目标、方式、策略都要进行重大调整。在没有中央和八路军总部明确的指示以前，我们所有人员要提高警惕，防止国民党反动派对我们共产党人下手。尽量减少外出活动，如果非出去不可，就换穿便衣，不要谈时局和政治。"

李排长说：“请主任放心，我排全体战士誓死保卫主任和全体干部。”

三贵说：“俺也不怕，头掉了才是碗大个疤，在刘主任手下能工作这么长时间，俺已经心满意足了。”

桂花说：“俺也不怕，俺现在都学会打枪了。谁敢对刘主任下手，俺就是用牙咬也得把他咬死。”

刘凤翔嘿嘿一笑，说：“说哪儿话呀，你们还很年轻，革命的路还长着呢，还需要你们去走去闯呢！所以，我们现在最主要的任务就是保存实力。”

与此同时，第二战区长官司令部里，挤满了团级以上军官，他们是来参加训诫会的，大家交头接耳，议论纷纷。

忽然有人喊：“司令和副司令长官到！”大家立刻起立迎候。

马怀成踮了踮脚尖才看清楚，两个肥头大耳的长官走了进来，面带微笑，用手稍做了一个向下的动作，所有军官唰的一声全部坐下。

司令环顾了四周，有意清了清嗓子，开始讲话：“同志们，首先承蒙蒋委员长的英明领导，倭寇无条件投降，可喜可贺！”

军官们听到“蒋委员长”一句便又站了起来，司令双手又做了一个向下的动作，会场又恢复了原状。

司令接着讲：“日本是投降了，可是在接收问题上，共产党拒不接受中央的命令，和我们抢起地盘来了，真有点自不量力啊！”

参会军官交头接耳又议论起来，司令提高了音调：“大家不必惊慌，绝大部分国土还是在我们手中的，我们有八百万军队，共产党只有区区百万,八比一，他们能怎么样？当然，我们不可小觑这百万之众，他们个个都是穷凶极恶之徒，我们不得不防啊！”

坐在前面的几个旅长、师长附和道：“是啊，是啊，司令长官言之有理，言之有理！”

司令有些兴奋，捋了捋袖子，说：“目前，我们和共产党还处于合作期，委员长……”

大家神经质地要往起站，司令急忙摆手，说：“坐，坐，国共两党还在会谈，谈与不谈，谈成或谈不成，结果都是一样的，我们总得在世人面前有个姿态吧！”

副司令也凑过头去，说：“司令说得没错，就按司令说的办。”

司令说：“今天把大家召集起来，就是统一思想、统一方法和步骤。我们暗中该调查的调查，该限制的还要限制，总之一句话，事要办，还要做给别人看。在没有中央明确号令之前，第一，要摸清中共地下党在我辖区的活动情况；第二，要加强战备，从物资储备、人员培训和作战演练这几个方面积极准备；第三，不管是甘肃还是宁夏的驻军，都要往东挤压，挤压懂吗？就像大哥哥走路那样，不动神色地占住大道，让小弟弟到边边去。”

“哈哈哈！”军官们爆发出得意的笑声。

司令继续说：“大哥走大道，穿皮鞋，吃面包，让小弟弟拖草鞋，连个面包屑也捞不到，你们猜，小弟弟还能撵上大哥吗？”这回别人都没笑，司令却得意地笑了起来。

副司令插话道：“我的理解就是让小弟弟自生自灭去，要是不听话捣蛋，做大哥的就顺带让他见鬼去吧！”

会议室里又响起零乱的笑声和掌声。

马怀成不知什么时候已经溜出了会议室，站在院内的草坪上一个劲地抽烟，他的脑海里不停地翻腾。他到现在都弄不明白，一样的国家，一样的人民，为什么要打，为什么要杀，为什么不能和平共处。他聆听过领袖的教诲，也聆听过共产党人的演说，似乎他们说的都对，都有道理，可到具体事情上怎么就说不到一起呢？

“嚯，马团长清闲得很哪！”马怀成正独自思索，却被一个声音吓了一跳。抬头一看，原来是骆金雄，他厌恶地把头转向另一边。可是骆金雄又凑了过来，满口喷着酒气，说：“马团长官没做大，架子还不小。咱好歹现在也是个团职，这点面子都不给？”

马怀成恨不得亲手宰了这个土匪，但现在骆金雄毕竟归顺了政府，和自己一样吃粮拿饷，便苦笑一下说：“哪里哪里，我是为装备犯愁呢，想等开完会找旅长谈谈呢！”

骆金雄说：“我还当啥事呢？多大点事还把老兄愁成这样！这样吧，去跟我喝酒，我保证将你的装备全部换成美式的，好不好？”

马怀成想，别看眼前这个人是土匪出身，可他与马副司令的关系不一般，不如套套情况再说，于是便说：“恭敬不如从命，只要装备的事解决喽，这酒我请了。”

骆金雄说：“这才像个团长，走！”

出了门就有一家餐馆，几个人进去，食客们纷纷溜了。骆金雄说：“老子当年占山为王，他们怕俺，现在他们还怕俺，俺看这兵和匪没有什么区别。”

马怀成懒得和他说这个，便直截了当地问：“听骆队长的口气，这装备的事是十拿九稳的了？”

骆金雄说：“那当然，给老兄办事那不可含糊，再说，俺那外甥王确不是还在您手下当差嘛！”

马怀成说：“这么说，你是有条件的喽？”

骆金雄说：“条件？对对对，有个小小的请求，请马团长多多提携俺那外甥。”

马怀成说：“这个好说，我最大的权限就是提他为团副，再其他的事我可就办不到了。”

“行行行，一步一步来嘛，就凭您刚才这话，我保证您的团全部换上美式装备。”骆金雄说得很认真，不像是在吹嘘。

马怀成说：“看来骆团长跟咱旅长关系不一般啊！”

骆金雄说：“哪里哪里，旅长那儿我连一个枪子儿也弄不来。可是，俺在马副司令那儿有功呢！”

马怀成说：“这话从何说起？”

骆金雄几杯酒下肚，口气更加大了，说："俺最近抓了一个内奸，他可是我们这里最大的地下党头目啊！"

马怀成一惊，问："谁？"

骆金雄神秘一笑，说："嘿，还有谁，就是后岔村的那个保长齐为群，他表面上给政府做事，暗里原来是共产党。"

马怀成站起来，推开窗子，一股寒气扑面而来，他感觉脑袋清醒了许多，联想这几天的形势，暗道："看来他们已经暗暗动手了。"

32

从餐馆出来，马怀成拐了个弯便去了八路军办事处。他根本没有指望骆金雄为他争取装备啥的，但从骆金雄的嘴里他了解了很多情况，特别是齐为群被捕的事让他耿耿于怀，虽然自己不是共产党，但认识的共产党人个个都侠肝义胆；虽然他和齐为群也仅仅见过一面，没有什么特别印象，但毕竟他是共产党，还是给刘凤翔通报了一声。

马怀成进了办事处，刘凤翔热情地接待了他。在这个敏感时期，马怀成还能到这里来，说明此人是可以信赖的。

刘凤翔说："马团长可是无事不登三宝殿，现在还能来看我，想必有重要事情？"

马怀成说："是的，有个情况我想还是给刘先生通报一下，毕竟我们是老朋友嘛！"

刘凤翔说："但说无妨，我们早就把马团长当成朋友了。"

马怀成说："有个叫齐为群的你们认识吗？"

刘凤翔一听到"齐为群"三个字，嚯的站了起来，说："你有他的消息？"

马怀成说：“这么说，他是你们的人喽？”

刘凤翔说：“不错，他是我们隐蔽战线上的同志，忍辱负重，为我党鞠躬尽瘁地工作，可是，最近他失踪了，我们正在动用各种关系打探他的消息。”

马怀成说：“不必打探了，他现在被关在省城的监狱里，你们设法营救吧！”

刘凤翔疑惑地问：“马团长如何得知的？”

马怀成说：“是骆金雄把他抓去的，送给马副司令做见面礼，才弄了个团长的位子，并且他酒后透露给我，我就知道这些了，你们谋划吧，我走了。”

刘凤翔有些激动，一方面终于有了齐为群的消息，另一方面是因为马怀成，这是他进驻省城以来结识的唯一信赖的朋友。他抓住马怀成的手，声音都有些颤抖：“我们共产党人永远是你的朋友，如果有一天马团长想明白了，我们会热烈欢迎你的。”

马怀成说：“后会有期，请刘先生保重，近来这里空气不好，最好到乡下去，那里才是您的归宿。”

刘凤翔深深地点了点头，目送马怀成出了大门。

齐为群以保长的身份为掩护行走于省城和乡村之间，得到了黄河以东国军布防图，他将布防图夹在鞋垫里进了省城，想亲手交给省城党的地下组织。一路顺利，他吹着口哨进入南门，迎面碰上几个兵痞，他想躲已经来不及了，就大摇大摆地往前走，心想，我好歹也是个保长，敌人未必难为我。

可是，他偏偏遇上的是骆金雄的流氓兵，见他穿着入时，想必有钱，便借故把他抓起来。骆金雄仔细一搜，竟搜出了布防图，认定他是共产党的探子。

骆金雄本想榨两个小钱，万没想到逮了个大鱼，便将齐为群绑送到司令部，马副司令二话没说，就将别动队改为保安团，骆金雄任团长。

审讯室里，齐为群被绑在木桩上，衣服已经变成了碎布条，鲜血浸满了全身，就像刚从酱缸里提出的抹布。

“说，你是干什么的？”

“我是保长。”

“一个保长，拿布防图干什么？”

“好玩呗。”齐为群惨然一笑，暴雨般的皮鞭又落在他的身上。

接二连三的审讯，十八般刑具都用上了，齐为群感觉自己是逃不过这关了，或许就会死在审讯中，这么一来，这些年的忍辱负重都会随着他的死亡而归于零，而自己走狗的骂名也就坐定了。想到这里，他对审讯的狱吏说：“我承认，我是共产党员。”

“好，这不就得了吗？何必吃那些苦头，只要你说出你的同伙和上级，你就自由了，或许还能当个乡长县长的。”

“我没有同伙，也没有上级，我是这里最大的共产党，也是唯一的共产党。”

“还不老实，给我打！”随着一声呵斥，皮鞭、铁棍又噼里啪啦地响了起来。齐为群晕了过去，他们又用烙铁将他烫醒。

面对不厌其烦的讯问，齐为群还是那句话：“我是共产党员，我是，我是！”

“我是共产党员！”

“我是共产党员！”

“我是共产党员！”

齐为群响亮的回答在牢房里回荡。

刘凤翔送走马怀成后，立即召开会议研究营救齐为群的方案。

李排长说：“我们化装劫狱吧。”

“劫狱，显然行不通，即使劫狱成功，也逃不出省城。”刘凤翔否定了这个提议。

三贵说：“救人我去吧，把齐大哥换回来。”

刘凤翔说：“你想得太天真了，你愿意换，敌人愿意吗？”

怎么办？刘凤翔急得在屋子里转圈圈。忽然，他说出了一个大胆的想法：“我去要人！”

李排长说：“要人？这个时候去要人等于给虎口送食，再说，人家现在还买不买这个账？”

刘凤翔说：“现在明目张胆地去要人，是有些风险，但国民党还没有公开与我党决裂，或许还有希望。”

李排长说：“我们一同去，也好保护刘主任。”

刘凤翔说：“不必了，人多未必是好事。我一个人去，如果天黑之前我不回来，说明敌人已经翻了脸，你们就连夜撤走，注意带好文件。”

在座的人都为刘凤翔捏了一把汗，桂花已经哭出了声。刘凤翔笑着说：“革命嘛，就是有风险的，如果没有风险，还革什么命呢？”说完，便义无反顾地出了门。

副司令办公室里，监狱长正在向马副司令汇报审讯情况。

“他招了？”马副司令漫不经心地问。

“招了，他公开承认自己是共产党。”

“呵呵，共产党里还是有软骨头，他说了些什么？”

“他只承认是共产党，其他什么也不说。”

“那你汇报个屁，这算哪门子招供，还不回去给我严加审讯。”

“我看就不必审讯了，他确实是共产党，和我一样。”马副司令一抬头，刘凤翔已经站在了他的面前，“副司令长官，我听说你们抓了齐为群，我是来要人的。”

“哦，是刘先生，我们是抓了几个乱匪，但不是什么共产党啊！”

刘凤翔说：“据我们了解，齐为群已经承认自己是共产党了，他就不是什么乱匪。目前，国共两党还在合作期，两党领袖也在谈判，这个时候羁押共产党人，副司令难道想背破坏两党合作的罪名吗？”

“哎呀，刘先生，刘主任，我哪敢呢？我只是想保住我的这一亩三分地，我可不敢去撞共产党的码头。”马副司令转过身问监狱长，“有没有一个叫齐为群的共产党啊？”

监狱长献媚地说：“有，有，我刚才还……”

马副司令眼睛瞪得跟牛眼珠一般，吼道：“别说了，给我赶快放人！”

不一会儿，监狱长将齐为群押了进来。刘凤翔说：“怎么还铐着？”

马副司令说：“下面的蠢猪不懂，请刘先生见谅，快给他打开！”

刘凤翔走上前，拉住齐为群的手说：“你受苦了，我们走！”然后对马副司令说：“谢谢副司令，我们后会有期。”

马副司令抬起肥胖的右手，刚说了一个字：“后……”刘凤翔和齐为群已经出了大门。

马副司令抬起的右手忽然在空中画了一道弧线，然后重重地落在监狱长的脸上，骂道：“你既不会说话，也不会办事，我要你何用，滚回老家去吧！”

监狱长还想为一巴掌叫屈，听马副司令这么一说，急忙捂着脸退出房门。

马副司令透过窗户看着监狱长的背影，鼻子里哼了一声，举起一把勃朗宁手枪扣动了扳机。

监狱长应声倒下，马副司令低头欣赏着手枪，转身便去后花园找姨太太。

33

一九四六年六月末，国民党反动派悍然撕毁“双十”协定，纠集重兵向中原解放区发动猛烈进攻，全面内战风起云涌。延安大学毕业后根据本人要求，刘茂林和杨冰重返部队工作。为了不让孩子拖累，他们将菊香寄养在陕北老乡家中。

部队虽然改编为晋察冀军区第四纵队，但团的建制仍然完整，程团长和杨政委还是老搭档，他们饱经战火考验，脸上虽已布满沧桑，但精神依然不减。

听到刘茂林和杨冰回来了，程团长和杨政委迎了出去，双双行过军礼之后，程团长握着刘茂林的手说：“你们回来得太及时了，欢迎，欢迎哪！”

杨政委拍了拍杨冰的肩膀说：“做母亲后变得成熟多了，告诉你，你还没认我这个娘家人哩。哎，我的外甥女呢？”

杨冰说：“大哥，我把她寄养在老乡家里了，你看这硝烟弥漫的战场，哪里还有放奶瓶的地方，所以，我们就……”

“早就盼着看看她，遗憾哪！不过，寄养在老乡家里对她来说是好事，你也能放手工作了。”杨政委一边说，一边将二人让进团部。

程团长说："我和老杨商量了一下，根据目前的形势和需要，我们决定让刘茂林同志到基层去，一营营长陈峰同志在张家口反攻作战中壮烈牺牲了，我们想让你把一营的工作担起来。杨冰同志还是留在团部吧，建议到政工科任科长，同时参与参谋部的工作，你们有意见吗？"

刘茂林和杨冰同时立正，说："报告首长，我们服从组织安排。"

杨政委说："既然没意见，团政治部发布任命文件，你们就上任去吧。"

两人转身欲走，杨政委又将他们叫住了，说："考虑到你们的关系，团部批准你们共同生活。团部后面还有一间房子，你们就搬进去暂住。"

"谢谢领导为我们考虑得如此周全，我们一定努力工作，为我团争光。"刘茂林和杨冰辞别了二位首长，便找到自己的房间。刘茂林将行李往地上一放，一把搂住杨冰，两个相爱的人紧紧吻在了一起。

和平而充满爱意的生活并没有维持多久，张家口就遭到国民党重兵的进攻，刘茂林带领一营坚守正面防御，一场张家口保卫战全面打响。一营在柴沟堡防御来自大同方向国民党傅作义部的猖狂进攻，战斗十分惨烈，敌人的大炮、飞机轮番进行轰炸，上千发炮弹射向小小的阵地。阵地上的土已经烧焦，到处是硝烟，到处是弹坑和弹片。刘茂林的营损失三分之一，然而他们打退了敌人七次进攻，阵地前留下了数百名敌人的尸体。

坚守阵地三日后，刘茂林接到撤退命令，战士们打退敌人最后一次冲锋，借着烟雾的掩护，悄悄撤出了战斗。

夜晚，月光皎洁，程团长和杨政委目送部队撤离张家口。刘茂林衣服褴褛，灰头土脸地行进在队列里，目光呆滞，他弄不明白，打得好好的，为什么要撤兵？战士们不怕死，他也不怕，敌人杀一个就少一个，为什么要弃了阵地？他想不通，便从队伍里出来，等候团长。

杨政委带领团机关和后勤部队线行撤离，程团长殿后，他处理完文件，确定再没有留下任何文件便撤出了团指挥部，追赶前面的部队。警卫排长建议炸掉飞机场和下花园发电厂，程团长胸有成竹地说："不，留着，用不了多长时间，我们还是要回来的。"

刘茂林见团长上来，一肚子的委屈想向他倾诉，程团长说："好我的大营长哩，我们这是主动撤离，不是逃跑。但我们诚恳地说，这次战役没有打好，主要原因有两个：一是我们心存和平幻想，备战不足，练兵工作没有抓紧，军工建设也没有大力推进；二是在军事指导上，首战没打好，因为当时有轻敌思想，对集中优势兵力歼灭敌人的思想，在战役指导和战术指挥上还存在问题，这是我们这些指挥员应该总结和认识的。"

刘茂林无言以对，回望张家口痛楚地流下了眼泪。

敌人蜂拥般占领了张家口，面对一座空城，敌军司令官傲慢地说：“我说嘛，共产党的军队不过如此，看来共产主义不适合中国的国情，中共不可能在中国取得胜利。如果中共在中国真的取得胜利，我甘愿给他们牵马拽镫。”

“哈哈哈！”众幕僚附和着狂笑起来。

敌军司令官对身边的副官说：“给总部发电，共军已经被我击溃，只有小股残部四下流窜，请总部放心，我军可在三五个月内消灭共军。”

“走，我们进去看看。”司令官对部下说。

他们来到一个小院，见一间简易的小平房里，砖地上放着一张帆布躺椅，躺椅旁边是个小方凳。小桌子上规规整整地放着笔砚书籍，就连扫把簸箕也放得井然有序。小小的平房里一片静谧，似乎这里的主人刚刚出去串门了。

一个军官说：“这里就是共产党头目的住所，除了文件外，一切都在。”

敌军司令官随手拉了一下开关的吊绳，啪的一声，电灯亮了。

他凝视着屋内的景象，若有所思。

34

刘凤翔将齐为群接回办事处，连夜打发李排长护送齐为群东渡黄河前往根据地，胡三贵和桂花也一同前往，自己身边只留下一名干事帮助他整理销毁文件。

警卫排换了便装，趁夜深人静时，偷偷溜出南门，在地下交通员的带领下，一路沿小道向黄河边进发。

眼下正是水稻灌浆时期，轻轻的夜风送来稻花的醇香，萤火虫飞舞，蛙声如潮，让久居闹市的战士们心旷神怡。胡三贵和桂花更是兴奋，因为过了黄河就到了自己的家乡，他们走在田埂上，不时地用手去捂萤火虫，有时还咯咯笑出声来。

李排长走过来，低声说："别出声，小心让敌人发现。"

桂花知道自己错了，不好意思地吐了一下舌头，但天很黑，根本没有人看得见。三贵悄悄拧了她一把，桂花不服气地追上去，掐他的手腕，虽然有点疼，但三贵觉得好幸福，一边赶路，一边幻想着与桂花成亲的情景。

到了河边，交通员学了几声鸭叫，芦苇丛中闪出三只小船，战士们立即爬了上去。细一看，哪里是船，全是羊皮筏子。

坐这样的“船”过黄河，战士们还是头一次，不免有些紧张。交通员说：“大家抓紧木排，不要顾忌弄湿衣服。”说完，吹了一声口哨，三只皮筏顺着水流，插斜向对岸漂去。

刘凤翔处理完文件和信函，已经是东方破晓。他叮嘱干事带上几份重要文件去找当地地下党组织负责人老高。刘凤翔说：“记住，文件特别重要，一定交给老高，他们急需这些资料，你自己绝对不能私自带在身上。还有，在任何情况下都不要再回到这里来。你去的地方由老高负责。”

干事说：“主任，我们一块走吧！你留在这里很危险。”

刘凤翔说：“不，我还有任务。我们是名正言顺来的，绝对不能偷偷摸摸走掉，我们共产党人做事光明磊落，即使牺牲个人性命，也不能给党抹黑。”

“主任——”干事有些哽咽。

刘凤翔说：“别难过，从参加革命的那一天起，我的命就交给党了，多活一天，就为党多做一点工作，即使死了也无怨无悔。去吧，一定要完成任务。”

刘凤翔强行将干事推出门，说：“快走，再磨蹭就来不及了！”

小干事挥泪而去，刘凤翔这才长长舒了一口气，突然感觉到从未有过的孤独与无助，同时又产生几分悲壮和自豪。他拉开房门，径直走向敌军司令部。

马副司令正在召开紧急军事会议，团以上军官正襟危坐，聆听这位土皇帝的训话。

马副司令一身戎装，过于肥大的肚皮将军装撑起一道道皱折，索性解开扣子，双手叉腰，才勉强扶住笨重的身子。他用两个手指头敲击着桌子，慢条斯理地说："告诉你们，国共已经不合作了，按照委员长的训示，从今日起，共产党就是我们的死对头。大家一定要认清形势，团结对敌。华北、华南和中原大部分地区已经动手，打得火热。我们这里目前还没有发现共军的行踪，但地下党和游击队却很活跃，我防区外围还有共军的正规武装。为此，我命令：所有部队进入战争状态，要和甘肃、绥远、山西、陕西的兄弟部队精诚合作，严厉打击赤党分子，决不放过一个。"

一名军官站起来说："副司令，我们眼皮底下就有共产党，该怎么办？"

马副司令一愣，问："你指的是……"

军官说："办事处里不是有共产党嘛！"

马副司令略一思索，说："他们可不是一般的共产党，他们是我们请来的，怎么能随便抓他们呢？自古双方交战不斩来使，如果我们那样做了，会不会留下把柄？"

几个军官开始起哄："我们已经是敌对状态，杀了他们，以绝后患。"

"杀了他们！"

"杀了他们！"

"杀了他们！"

马副司令急忙站起来说："大家别吵，刚才说的话我没听见，你们想干什么就干什么，我什么都不知道，散了吧，散了吧！”

军官们立即站起来，抢着往外跑，他们个个都想着八路军办事处那块已经到手的肥肉。

忽然，有人大喊一声：“站住！请大家别费力气了，我来了！”众军官一看，竟然是刘凤翔，他们惊得张大了嘴巴，面面相觑，一时不知道该怎么办。

刘凤翔跃上台阶，大声说：“我就是共产党员，我告诉你们，是你们的蒋委员长亲手撕毁了和平协议，向共产党举起了屠刀，你们是破坏和平的罪魁祸首。当初，我是挺着胸膛走到你们这里来的，目的就是为了和平，现在我决不偷偷摸摸地走，我们共产党人是光明磊落的。我告诉你们，我们的八路军即将改编为中国人民解放军，必将解放全中国。如果你们继续与人民为敌，将是死路一条！”

马副司令忽然暴跳如雷地吼道：“好啊！送上门来了，还不给我拿下！”

几个军官一齐上前，将刘凤翔连推带搡地扭送到车上。

几分钟后，街上警笛大作，三百多名敌军包围了办事处，可进去一看早已经人去楼空。

李排长率领全排战士和工作人员从鸣沙渡口顺利到达黄河东岸，刚喘了一口气，就发现对面的山梁上有几个人影晃动，便小声喊：“同志们注意，前方有不明身份人员，大家提高警惕，随时做好战斗准备。”

对面山梁上的人也发现了他们，大喊：“喂，哪一部分的？要是不说话，老子可就开枪了。”话音未落，只听嗖的一声，子弹从李排长头顶掠过。大家立刻卧倒在地，哗啦一声，子弹上膛，几十支枪瞄准了对方。

李排长说：“我们是金积保安团的，你们是哪一部分的。”

对面的黑影都站了起来，说：“我们是骆团长的保安团。”李排长粗略数了一下，足有上百人。他们不但没有走开，反而骂骂咧咧大摇大摆地走了过来。

李排长一看，冲突不可避免，立即命令大家抢占有利地形，随时对付敌人的挑衅。

35

严实早上起来准备去连队查看晨练情况，刚走出几步就听见北面的山坡上响了一枪，他脑中警铃大作，知道出了情况。紧接着便枪声大作。他立即让司号员吹响了集合号。不一会儿，全营列队完毕。枪声还在继续，他马上命令部队跑步出发，为慎重起见，派了三名侦察兵骑马前去打探。

行进中，侦察兵返回，说：“骆金雄的保安团与一股不明武装交上了火，战斗非常激烈。”

严实一听是骆金雄的保安团，对侦察员说：“什么保安团，骆团长的人马不是在省城吗？怎么能到这里来，分明是土匪，我们赶快上去。”

侦察兵还想申辩几句，严实说：“你们的任务完成了，回家去吧！”几个侦察兵一听，高兴地返回了军营。

严实说：“不管交火双方是谁，肯定不是什么好东西，弟兄们给我狠狠地打，把他们赶出我们的防区就行。”

李排长见敌人向这边逼来，说了声：“是敌人，给我打！”几十杆长枪一顿猛射，跑在前面的敌人应声倒地。

对面的敌人个个手持短枪，密集的子弹顿时压了过来。李排长说：“他们是短枪，射程不会太远，我们一边向山北面撤退，一边充分发挥我们长枪的优势，实行点射，有效地杀伤敌人。”

战士们立刻屏住气，瞄准射击，又有几个敌人中弹倒地，但敌人射击的密度却越来越强。

过了半个小时，枪声逐渐稀落下来，队员们报告，子弹不多了。骆金雄的手下发现枪声渐弱，知道对方没子弹了，便嗷嗷叫着扑了过来。正在这时，敌人的后方响起了枪声，让敌人纳了闷，也让李排长大惑不解。

正疑惑之间，后面的枪声像炒豆般响了起来。敌人一看腹背受敌，急忙掉转枪头对付后面追上来的不明武装。

李排长一看有机可乘，急忙吩咐战士们向山头靠近，占领有利地形。敌人见后面的人追上来，拼命还击。可是，密集的子弹压得他们抬不起头来。

过了一会儿，天色已经大亮，已经能分辨出对面人的服装。保安团的刘丕爬到石缝中一看，吓得出了一身冷汗，赶忙脱下白汗衫，拼命摇晃起来。

严实发现了风中晃动的白汗衫，向士兵们做了一个停止的动作，阵地上的枪声戛然而止。刘丕这才站直身子大喊：“别打了，别打了，我们是保安团的。”

严实也看清楚了对方，故意问：“你们是哪个保安团的，为什么到这里来？”

刘丕踉踉跄跄地跑上前去，行了一个军礼，说："长官，误会，误会，我们是骆团长的手下，我是刘丕刘小队长。"

"保安团的，为什么到我的防区不报告？"严实厉声问。

刘丕嬉笑着说："对不起，长官，我们是执行秘密任务的，所以……"

严实一伸手，啪的一声，刘丕的脸上已经挨了重重的一巴掌。严实生气地说："记住，我们是守卫这里的正规军，保安团是什么玩意儿，竟然在我防区动武，眼睛里还有长官吗？"

刘丕挨了一巴掌，已是魂飞魄散，听严实将罪名扣在他头上，急忙申辩说："我们是奉了骆团长的命令，才……"

"什么骆团长？从前是个土匪，现在只是一条狗，也配跟我提他的名号。"严实这回可真的是生气了，他恨不得一把将刘丕的头拧下来。

刘丕也知道自己是杂牌军，没多少人待见，就讨好道："是我们错了，是我们错了，长官息怒，我们毕竟都是自己人嘛！"

严实说："我问你，你们刚才追击的是什么人？"

刘丕说："我也不太清楚，他们说是金积保安团的，我看好像是共产党的游击队。"

啪！又是一掌，打得刘丕眼冒金星。严实说："没搞清楚就打，万一是金积保安团呢？"

刘丕捂着脸，哭丧着脸说："是他们先开的枪，我们才……"

"他们，他们在哪里？叫过来一问不就清楚了。"严实故意说。刘丕似乎抓住了救命稻草，骂身边的人说：“还不快喊过来对质？快，快去！”

一个队员往前跑了几步，又返回来说：“报，报告队长，他，他们早就跑了。”

严实一把抓住刘丕的衫领把他提起来又掼下去，说：“哼，等我查清楚了，如果是保安团的，你打自己人，罪该万死；如果是共军，你贻误了战机，放跑了共党，你也是罪加一等。等着吧，有你好瞧的。走，我们回营。”说完便扬长而去。

刘丕待在原地，怎么也想不通，望着严实远去的背影，狠狠地啐了一口唾沫。

原来李排长发现敌人互相打起来了，心中一喜，说：“快走，让他们咬去吧。狗咬狗，一嘴毛。”战士们开心地笑了，他们趁着严实和刘丕斗嘴的空当，早已翻过疙瘩梁，向太阳山腹地进发。

36

两年后

平津战役胜利结束后，原晋察冀军区第四纵队改编为中国人民解放军第十九兵团，程团长和杨政委升任第六十四军第一九一师师长和师政委。刘茂林任五七三团团长，杨冰任师部正团职政治处主任。

程师长和杨政委参加完全师誓师大会回来就派人去请杨冰。杨冰听说师长和政委请她过去，立刻放下手中的文件，整了整风纪，健步走进师部。见杨冰进来，程师长和杨政委离座相迎。

“师长好，政委好！”杨冰兴奋地和两位首长打招呼。杨政委仔细端详杨冰，发现她脸晒黑了，手也粗糙了，说话的口气也变了，但是人很精神，脸上洋溢着一股朝气。两年来，她跟随团部先后参加了绥远、大同、集宁、张家口保卫战，参与了保定、正太和清风店围歼战，石家庄攻坚战和平津战役，大大小小的战斗和战役，使她从一个富家小姐成长为一名坚定的革命者和指挥员，特别是在平津战役中，她提出的

“分化上层，瓦解士兵”的攻心策略得到了上级的采用和肯定，收到了很好的效果。

杨冰被两位首长看得有些不好意思，说：“两位首长这么急把我招来，肯定有新的任务，请指示吧，我保证完成任务。”

程师长和杨政委互相看了一眼，政委说：“请师长说吧！”

程师长说：“还是你说吧，我这人太直，说不好。”

杨冰有些纳闷，一向雷厉风行的首长怎么忽然扭捏起来。

杨政委倒了一杯茶，递到杨冰手上说：“你先坐下，我慢慢给你说。”

杨冰两眼迷茫地看着政委，而政委尽量躲过杨冰的目光。他掏出烟卷，慢慢点燃，深深地吸了一口，清了清嗓子，似乎要讲一个悠长的故事。

杨政委稳定情绪后，终于说话了：“杨冰同志，有一件事我们必须对你讲清楚。这件事我们前两天才知道，当时很震惊，所以你必须有心理准备。”

杨冰站起来说：“我有思想准备，请政委快说吧！”嘴上虽这样说，但她捧杯子的手却开始颤抖起来，发出细小的嚓嚓声。

杨政委说：“根据我们掌握的情况，当年你的丈夫严实只是受了伤，并没有死。”

“啊！”杨冰惊得张大了嘴巴，手中的茶杯也掉落在地上，一个趔趄，瘫坐在地上。

程师长和杨政委赶紧把她搀扶起来，程师长说：“他被当地国民党驻军长官马怀成救了，不但保住了性命，还参加了国军，现在已经是营长了。”

杨冰的眼前立刻浮现出严实迷人的微笑，耳边似乎响起那富有磁性的嗓音。想起了他们在校园的林荫道上肩并肩、手拉手地漫步，想起了在小树林里追逐嬉戏的情景，也想起那幸福的新婚之夜和令人战栗的枪声。

自从听到严实的死讯，她就把这段美好的记忆深深地埋藏在心里。之后的日子里，她把一半心封存起来，那是严实的一半，另一半交给了另一个男人——刘茂林。在她的心中，两个男人都是她生命的烛光，让她思念，让她感觉到温暖。她与严实生死相隔，她把所有的爱给了菊香，给了带领她走上革命道路的刘茂林。

然而，严实还活着，并且走上了与自己截然不同的道路。起初，他恨土匪，对国民党还抱有感激之意，可是在几年的耳闻目睹中，国民党和他的军队所做的事让人发指，她看透了国民党的本质。想到自己心爱的人竟然与他们为伍，一时悲喜怨恨一齐涌上杨冰心头，不禁让她潸然泪下。但她已经是一位成熟的革命战士，在复杂的感情纠葛中，她理智地抬起了头，说：“请二位首长下命令吧！即使让我现在去除掉他，我也毫不含糊。”

程团长见杨冰从悲愤中走了出来，呵呵一笑，说：“没你想的那么严重，根据我们掌握的情况，严实参加国民党军队一是为了报答马怀成的救命之恩；二是为了给你的父母报仇。

这些年来，他一直和土匪骆金雄斗，可是骆金雄摇身一变投了马家军，严实对他也无可奈何。他治军纪律严明，秋毫无犯，对老百姓很好，还在不知不觉中帮了我们不少忙。他的上司马怀成现在是国军八十一军某团的团长，这个人黄埔军校毕业，一直不得志。他是个理想主义的军人，对国民党那一套极为反感，对我们还是很有感情的。当年，国共合作期间对我们很友好，还帮助过我们呢！但这个人有愚忠思想，对国民党还心存幻想。最近，中央决定，我们要开赴西北战场，解放那里的土地和人民。所以，我们经过反复研究，决定派你潜回罗山地区，在当地地下党组织的协助下，去做马怀成和严实的策反工作，不知道你愿不愿意。"

杨冰终于听明白了，脸上的悲戚也逐渐消失，继而变得聪慧起来，眸子里闪烁着期待的目光："我愿意，我非常愿意，请首长指示。"

杨政委说："在你回家乡之前，先去延安，一是去看看菊香和老乡，他们被胡宗南祸害得很苦。二是那里有人陪同你一起回去。我们已经给你办好了有关手续和证件，你的身份是国民党保密局特派员梁珊珊。"

"好，我记住了。"杨冰信心十足地点了点头。

回到自己宿舍，刘茂林已经在那里等候。一见杨冰回来，急切地上前询问："首长给你安排新工作啦？"

杨冰点点头。

"说说，领导给你什么任务啦？"刘茂林问。

杨冰说："这是军事机密，不能告诉任何人。"

刘茂林似有所悟，说："嘿嘿，是这样啊！既然是机密，我就不问啦！"整了整军装又说，"我也有任务，走啦，估计没个一二十天是回不来，你在家里多保重！"

杨冰说："我知道，太原战役就要打响啦，你要注意安全啊！"

刘茂林笑嘻嘻地说："嗨，没事，张家口、天津、北平都打下来了，一个小小的太原，还不是小菜一碟儿。"

杨冰说："我，我也要出趟远门。"

刘茂林说："去吧，不是没出过，早点回来。"

看着刘茂林满不在乎的样子，杨冰心里却翻江倒海，不能平静。她深情地扑进刘茂林的怀里，嘤嘤地哭了起来。

刘茂林也被她的情绪所感染，眼圈红红的，紧紧搂住杨冰不停爱抚着。过了一会儿，刘茂林说："行了，你我都是老同志了，大战前夕还儿女情长，怎么带兵呢？"

杨冰说："我违反一次纪律，告诉你吧，我这次去的地方是我的老家，我的任务是去策反驻扎在那里的国民党军队。"她没说严实还活着，也不敢说就是去策反严实他们，她怕刘茂林有过多的想法。

刘茂林还是吃了一惊，不仅仅是因为那里遥远，更重要的是那里党的基础薄弱，他为杨冰的安全担忧，说："既然组织上考虑让你去做工作，肯定有他们的道理，我也不拦你，但是有一条，别太死心眼，能策反就策反，如果死顽固就交给我，大半个中国都解放了，你们老家多大点地方，让我一个团上就足够了。”

杨冰说：“组织上想的可能比我们要远一些，复杂一些，这样做可能对解放大西北和大西南有重要的战略意义。”

“好啦，不说啦！总之一句话，先礼后兵是我们的传统。你先来文的吧，我在后面给你撑着。”刘茂林说完，就往外走。

“茂林！”杨冰深情地叫了一声。

刘茂林说：“好啦好啦，再见啊！”说完头也不回地走了。转过拐角，摇了摇头，自言自语地说，“这女人就是有点婆婆妈妈！”

杨冰看着刘茂林消失的背影，泪水已淹没了心扉。

37

杨冰化名梁珊珊，身份是国民党保密局少校特派员，陪同她的是刘凤翔的警卫排长李萌，现在是梁珊珊的护送卫兵，他们这次的任务就是督察宁夏兵团的备战情况。齐为群也一同前往，他的任务是秘密潜回家乡发动和组织群众，配合解放军挺进大西北。三人一路从延安出发，进入定边，来到花马池。三人旧地重行，心思各不一样。杨冰边走边从记忆中搜寻当年的足迹，想起了她逃亡后遇到刘茂林和徐维明时的情景，想起了地下交通员陈守信和梁春娥，想起了当年上吊的那棵大榆树，不仅百感交集，热泪盈眶。李萌和齐为群也是一路东躲西藏从这里走向延安，在危难之际是陈守信和梁春娥带领他们绕过敌人的重重岗哨冲出包围圈的。现在，他们不知怎么样了？

夕阳西下，他们投宿到镇上一家旅馆。杨冰说：“我想去看两个人，你们在此等候。”

李萌和齐为群相互看了一眼，说：“我们俩也想去看个人。”

杨冰问：“谁？”

"陈守信和梁春娥！"两个人不约而同地回答，让杨冰喜出望外。她说："我也是，我们一起走！"

三人沿着熟悉的小道，很快接近了陈守信的那间小屋，可是很安静，听不到狗吠和鸡叫，一种不祥的预感顿时涌上几人心头。李萌第一个跑进院子，喊了一声："陈大伯！"却无人答应。杨冰也喊了一声："梁大娘！"亦无人作声。他们推开虚掩的房门，屋内已经挂满了蜘蛛网，再看院内，枯草在微风中摇动，只有那棵大榆树挺立在门前，似乎叙述着这里曾经发生的一切。

见此情景，三人心里一沉，难道他们出事了？正疑惑间，一位老大爷赶着几只羊走了过来，见到他们，惊慌失措地将羊赶往另一边。齐为群急忙跑上前去，说："大爷，别怕，我们是当年的八路军啊。"

老大爷看了看齐为群，又看了看杨冰和李萌，装聋作哑地摇了摇头。杨冰也跑过去，说："大爷，我们确实是当年的八路军。哦，对了，我们身上穿的是国军的服装，只是为了掩护。我们是来看陈大伯和梁大娘的。"

老大爷一听说是找陈守信和梁春娥的，眼眶里立刻蓄满了泪水，说："他们是我表哥和表嫂，他们已经走了。"

"为什么？"杨冰急切地问。

老大爷说："去年春天，我表哥带了几十个八路军的娃娃从这疙瘩过去，一直送到定边大部队那里，一路顺利。可是，他的行动被我们村里一个二流子看见了，就报告了马匪兵。

当时，马匪说要肃清‘三边’的共产党，就占领了盐池、花马池、定边和靖边，把我表哥和表嫂抓去，逼问那些八路军的下落，一直打了三天三夜，最后就枪杀了。呶，这就是他俩的坟，草都长上来了。”

几个人静静地听着老人的叙述，泪水打湿了脚下的土地。他们跑过去，跪在陈守信和梁春娥的坟前重重地磕了几个响头。

老人说："是我把他们埋在这里的，这里是个早阳洼，太阳一出来，他们就看到了。"

杨冰缓缓站起来，扶着老人的肩膀说："大爷，我们这次回来就是来为他们报仇的，我们一定为他们报仇！"

他们在陈守信、梁春娥的墓前伫立了良久，摸黑进了旅馆。

第二天，三人又上路了。齐为群说："我们就此别过，我得单独回去，你们可以大摇大摆地从这里走过去，你们现在可是保密局的人。"

杨冰说："也好，请齐大哥保重。"

齐为群说："还有一事，就是刘主任，当年他被宁夏省军阀扣押，组织上营救过几回都没有成功，不知道现在他怎么样了。如果可以的话，你们可利用自己的身份搭救他一下，他可是一个了不起的人啊！"

李萌说："我会的，哪怕牺牲自己，我也要把刘主任救出来。"

和齐为群告别以后，杨冰和李萌一路向前，三个小时后，终于发现了巡逻的马家军，便呼唤着奔了过去。

38

严实正在办公室里擦皮靴，卫兵前来报告："报告营长，巡山队抓到两个可疑分子，请马营长发落。"

严实将抹净的靴子往脚上一蹬，整了整军帽，说："带进来！"

话音刚落，四五个士兵推推搡搡地将杨冰和李萌带了进来。严实抬头一看，发现两个人身着国军制服，其中一个军衔比自己还高，再一打量，两个人手被反绑，眼睛也蒙上了毛巾。

严实一挥手，说："松绑，松绑。"

取下毛巾，杨冰感觉光线很刺眼，过了一会儿才看清她的面前站着一位魁梧的军官，他两眼正直勾勾地盯着自己。

就在这一刹那，杨冰认出了严实。他一点都没变，只是穿上军装，比以前更英俊更有男人味了。她的心突然剧烈地跳动起来，面前站着的就是她深深爱恋的丈夫，一个曾经让她思念，让她为之流完了眼泪的男人，此刻就在她的眼前。她恨不得一头钻进他的怀中，倾诉这几年来的相思与悲苦。

可是，自己是有使命的人，怎么能儿女情长呢？她痛苦地微微闭上了眼睛。

严实看了看杨冰，先是后退几步，又一步跨到杨冰的面前，失色说道："你是桃……"

杨冰也感觉到了严实的失态，他肯定也是认出自己来了，高度的使命感和责任感让她强压住心中泛起的涟漪，正色说："逃什么逃？姑奶奶不是逃兵，是保密局特派员，还不请长官坐下来说话！"

严实被杨冰突如其来的训斥惊得张大了嘴巴，慌忙说："你是特派员？"

杨冰掏出军官证，往桌子上啪地一放，说："本人是保密局少校特派员梁珊珊，随马副司令到环县围剿共匪，总部临时通知让我到宁夏兵团督察备战情况，我就和小李乔装打扮，历尽千辛万苦才到这里，没想到你的部下竟然怀疑我是逃兵！证件和关防文书在此，你还想审查吗？"

严实说："不敢，不敢，我们也是例行公事，不得已而为之。"转过身对身边的士兵说，"还不退下，看茶！"

几个士兵慌忙出门，茶也端上来了，气氛有些缓和。严实试探地询问："梁小姐年纪轻轻就已经是少校特派员，前途无量啊！"

杨冰说："你也混得不错嘛！才多大岁数就已经是上尉营长了。说说吧，你们的防务工作做得怎么样？"

严实站起来，立正敬礼，说："报告梁特派员，本营自进驻此地以来，围剿土匪五次，剿灭土匪二百余人，有力地打击了土匪的嚣张气焰，维护了地方的安全和稳定。目前，部队士气高昂，训练有素，是可以抵挡一面的劲旅。”

“好，好，有严营长这句话我就放心了。不过，你刚才说的土匪是共匪吗？”杨冰故意问。

严实说：“长官理解有误，我说的土匪就是山贼，与共产党毫无关系，他们的头目是骆金雄。”

“骆金雄？”杨冰问。

严实一直在观察梁珊珊的反应，说：“梁特派员认识他？”

杨冰立即调转话头，说：“我怎么认识他呢？我是说共匪无孔不入，严营长可要多加小心哪！”

严实说：“特派员教导的是，我一定严加防守，不让共军有任何可趁之机。”

“好，这我就放心了。好啦，我们出去看看。”杨冰边说边往外走。严实说：“我们这个地方没啥看头，上了山还有森林、泉水、动物，山下除了沙漠还是沙漠，风大沙大，梁特派员可要注意身体喽！”

杨冰说：“我也没有那么娇贵，本人虽为江南女子，但在北方时间长了，早已习惯这里的气候了。”

他们来到训练场边走边看边聊。严实指着罗山说：“这是我们这个地方最有名的一座山，山的南边有个小村子叫杨家坳，杨家坳里从前有一富户，掌柜的叫杨庆绪，他有一个女儿叫桃子……”

杨冰忽然转过身，直视着严实，说：“严长官，我是来看军队防务的，不是来听你讲故事的。”

严实说：“不好意思，我只是想让长官了解当地的风土人情。”

杨冰说：“好了，不看了，我还要去省城拜会马主席马副司令长官，待我休闲的时候再听你讲故事。”

严实说：“特派员请便，需要我严某的时候，尽管吩咐，我愿效犬马之劳。”

杨冰说：“我只需要你提供两匹马和一份关防文书就行了，至于其他的嘛，本特使想起来再告诉你。”

不一会儿，士兵已经牵来两匹骏马，杨冰抓住马缰，一抬手，噌地一下跃上马背，李萌也上了马，只见杨冰一勒缰绳，那马嘶鸣一声，四蹄腾空，向北驰骋而去。

严实站在原地，望着远去的背影，陷入了长久的沉思之中。

从体貌特征到声音，甚至一个微小的动作他都是那么熟悉，就连气息都和她那么一致，如果不是在动乱岁月，如果不是她口口声声说姓梁，如果不是她穿那么一身黄皮，他会毫不犹豫地喊她一声桃子，不顾一切地扑上去拥抱她，吻她，给她讲几年来的相思之苦。可是，他没有这样做，她如果真是桃子，又是怎样成为特派员的？她为什么在四年之后才回来？她在这四年里干了些什么？或许，她有自己的苦衷或不可告人的秘密，还是有什么特殊的使命？一连串的问题萦绕在严实心头，让他百思不得其解。刚才，她翻身上马的动作，似乎不像当年的桃子，不要说骑马，桃子当年连看一眼马心里都发怵。

四年了，每个日日夜夜他都在思念着自己的妻子。训练之余，他把自己关在屋里，以酒解愁。每当入睡，梦境里总是桃子的影子，在缥缈的世界里，他千万次呼唤，她总是不理；他千万次追逐，她总是逃脱。每每从梦中惊醒，却是身边空空，热泪沾巾。如今，她回来了，却不认识自己，让人情何以堪？

严实想到这里，忽然一个想法冒上心头。他立刻将自己最信赖的卫兵秦一豪唤来，贴着他的耳朵嘱咐了几句，便回屋了。

傍晚，秦一豪换上一身便服，骑着马朝省城方向疾驰而去……

39

杨冰和李萌纵马驰骋，到了省城已是太阳偏西，她并没有去马主席马副司令的官邸，而是径直进了马怀成的独立团。

马怀成从司令部开会回来，就和副官王确吵上了。王确在三营当营长，为了给舅舅骆金雄壮大队伍，偷偷将自己营里三十多个士兵送给了骆金雄，弄了个两全其美，一来给舅舅解了光杆司令的困窘，二来自己吃了几年空饷，大捞了一笔。后来被马怀成发现，王确为了保命，自愿辞了营长职务。马怀成准备军法从事，无奈说情的过多，就连旅长也让网开一面，马怀成只得顺水推舟，罢了王确营长实职，给了他一个有职无权的副官当。

王确平时基本上不来军营，整天在赌场、窑子鬼混。他不来，马怀成倒落了个清净。可是，最近王确又活跃起来，不但天天往军营跑，还常常和士兵泡在一起，大肆宣传第三次世界大战就要打响，美国人会帮助国军消灭共产党。

马怀成对王确的做法很是不满，但王确和上面的调调唱得一致，也没有理由禁止他瞎宣扬，只好随他去吧。可是，今天，马怀成刚一回到团部，王确就来向马怀成要兵要枪，自告奋勇去查地下党。

王确说："最近，共党在牛首山、烟筒山、恩和、后岔一带活动猖獗，请马团长给我一个连的人马，我去把他们给灭了。"

"灭了？灭谁？"马怀成装糊涂。

王确说："当然是共产党呀！"

马怀成说："少操闲心，我们是正规军，我们的职责是打仗，不是去抓几个地下党，我们去抓地下党，那还要警察、保安和保密局那些人干什么？"

王确说："马主席马副司令再三强调，共产党人人得而诛之，我们是党国的军人，义不容辞啊！"

马怀成把手一挥："少来这套，蒋委员长指示我们要练好精兵，与共产党的军队决一雌雄，并没有说让我们去抓地下党啊！"

王确说："马团长，你可要为你的话和决定负责啊！"王确一句话，深深刺痛了马怀成，他忽然用力拍了一下桌子，骂道："王确，注意你自己的身份，你有什么权力指责我，给我滚出去！"

王确一见马怀成真的发火了，便灰溜溜地跑了，一边跑一边骂："好你个马拐子，老子早晚会收拾你，等着瞧！"

王确走后，马怀成独自蹲在屋内生闷气，卫兵跑来报告："特派员到！"

马怀成头也不抬，摆了摆手说："去去去，谁也不见。"

卫兵转身欲走，却被马怀成叫住了，问，“你刚才说什么？”

卫兵说：“特派员到。”

马怀成说：“特派员？哪儿来的特派员？”

卫兵的脸憋得通红，说不上来。

“我来了，我就是特派员，保密局派来的，我叫梁珊珊，见过马团长。”梁珊珊不请自进，马怀成急忙站起来相迎，说：“不知特派员驾到，有失远迎，还望恕罪。”

梁珊珊说：“看来马团长的门很难进啊！”

马怀成说：“哪里哪里，我正生气呢，不知道是特派员来，所以……”

“好了，废话少说。这是我的片子，如有疑问，可询问国防部和保密局。”梁珊珊不卑不亢地说。马怀成说：“我信得过特派员，就不看了。请问特派员这次来……”

梁珊珊说：“你看这天已经黑了，我还能干什么。”

马怀成说：“哦，对不起，特派员远道而来，旅途鞍马劳顿，是该歇歇了。来人哪，给特派员准备饭菜和床铺。”

梁珊珊说：“马团长真是善解人意，今天确实累了，明天我们好好谈谈。”

马怀成说：“请特派员走好！”

马怀成一直将梁珊珊和李萌送到各自房间，折回身又向办公室走去。忽然，一个黑影从房顶上掠过，马怀成下意识地掏出了手枪，躲在屋檐下观察了一会儿，却无动静，便回宿舍睡觉去了。

马怀成躺在床上睡不着，最近他老失眠，头一落枕就不由自主地想这想那，想得头生疼，索性起来找出一粒药丸放到嘴里，准备用开水送下，一提暖壶才发现里面没水。他拉开门准备喊卫兵打水，刚一开门便有一支黑洞洞的枪顶在了自己的前额。

马怀成本能地往里一闪，一个穿夜行衣戴面罩的持枪人便顺势进了房间，说："不许出声，里面说话。"

马怀成后退到卧室，那持枪人一把摘下面罩，马怀成惊讶地叫道："特……"

"我不是特派员，我是中共总部派来的特工，我有话问你。"杨冰小声说。

自国共反目以来，马怀成就没有一天好心情，成天的喊打声让他心烦意乱。他是一个务实型军人，不相信任何主义，但从国共两党的所作所为来看，他怀疑自己是否选对了路，特别是和刘凤翔的几次接触，他对共产党的看法从感情上似乎有了明显的转变，他对国民党连土匪都招募为军人颇感惊讶和羞耻，特别是保密局的特务活动让他想起了明代的锦衣卫，厌恶愈积愈深。

马怀成沉思了片刻，说："梁特派员，别开玩笑，用这种方式来试探本人对党国的忠诚，不觉得可笑吗？"

杨冰说："没开玩笑，也没有试探你，我是真正的共产党人，就和刘主任一样。"

马怀成一听提到刘主任，便对杨冰的身份不再怀疑。他盯着杨冰看了半天，说："佩服，佩服，我马某人所见到的共产党人，个个都是英雄好汉，刘主任是第一个，你算是第二个。"

杨冰说："马团长的为人，我早有耳闻，特别是我们首长对马团长的评价很高。"

马怀成说："是嘛，真是惭愧，我并没有做什么。"

杨冰说："不，我们对马团长的过去和现在了解得非常清楚，马团长爱护百姓，反对内战就已经很了不起了，所以我希望马团长认清形势，尽早投入到人民的怀抱。"

马怀成说："这么说，你是来策反我的。"

"对，中国人民解放军已经收复了东北、华北，正以势如破竹之态向全国挺进，马上就要解放大西北了，国民党号称的八百万精锐在我们强大的攻势下，投降的、起义的还少吗？区区一个宁夏兵团能抵挡住解放军的脚步吗？"杨冰越说越豪迈，忽然她话锋一转，说，"我这次来，还有一个任务，就是营救刘主任，希望马团长能够大力支持。"

马怀成说："梁特……我这样称呼你行吗？"

杨冰说："你还是称我为特派员吧，对你对我都有好处。"

马怀成说："好，我绝不会将你的真实身份说出去，至于举义之事先搁下再说，目前最要紧的是解救刘主任，我马某愿助一臂之力。"

"好，有马团长的支持，我就有信心把刘主任救出来。"杨冰对着马团长的耳朵，如此这般一说，马怀成一拍巴掌说：

“好，好，梁特派员真不愧是巾帼英雄啊！”

两个人正说得投机，忽然听到房顶有响动，马怀成立刻拔枪追了出去，发现一个黑影翻越院墙而去，他欲开枪，目标却消失得无影无踪。

40

骆金雄的特别行动队自从挨了严实一顿揍，老实了许多。骆金雄领着邢牡丹出赌场入烟馆，乐得逍遥自在，基本上不管团里的事，大小事情由二掌柜的和参谋长吴昊吴师爷把持。

骆金雄的团长身份只是一个名分，充其量也就一个营的兵力，却吃着一个团的粮饷，银子并不少，但也经不住豪赌海抽，眼见手中的银子越来越少，他就把气撒在团副王僚和参谋长吴昊身上。

早上，团副王僚和吴参谋长去送钱，却被骆金雄一把抓过去掼到脸上，气哼哼地说："俺辛辛苦苦弄了一个保安团，指望着你们打理好，过几天舒坦日子，可是你们也太不争气了，弄这么几个小钱，想让本团座喝西北风吗？"

吴参谋长说："团长息怒，眼下正是青黄不接之时，穷鬼们连肚子也喂不饱，确实榨不出什么油水来。"

团副说："大哥，师爷说得对，附近十里八乡我们都去过了，有的地方已经去过不止一次了，地面上确实没什么可捞的啦！就这几个钱也是我们以通共的罪名抓了几个老字号的货栈老板才弄来的。”

骆金雄说：“这么说，你们都有难处，就我不难，是吗？俺十七岁上山，二十岁立了山头，几十年来吃香的喝辣的，啥时受过这罪？而今，俺都是团长了，和县太爷一般大，却没有足够的银子花，真让人悲哀！去去去，想法弄银子去，别在我这儿杵着。”

两个人灰溜溜地出了门，互相埋怨起来。团副说：“都是你，说什么现在是军人了得有个军人的样子，要守规矩。你看你看，怎么样？没钱什么都不是。”

吴昊说：“我也是为咱弟兄们好，过去人家叫咱土匪，不但不好听，那眼神都是恨。好歹咱现在成了军人，咱想让人尊着敬着，这不好吗？”

“好个屁，你肚子里不灌那些马尿和狗肉，你还体面个啥？这世道我看透了，有钱有权有枪就是爷，可咱有的是枪和权，怎么就弄不来钱呢？”团副说。

吴昊说：“我看哪，咱还得用老一套，把弟兄们都打发下去，见人就收钱，走路的收走路费，过桥的收过桥费，插秧的收插秧费，拾大粪的收大粪费，干啥就收啥费，没钱的收东西，没东西的抓来做苦力，我不信弄不来几个钱儿！”

团副说：“我看只能这样了，马上回去，通知保安团，把人撤下去。”

刘丕得到图副和参谋长的命令，立刻将保安团成员集合起来，分成四个小组，向四面撒开。一时，省道县道乡道，道道有人拦道收费，桥梁渡口，农庄田园闪现着士兵的身影，到处是吆喝声、哭叫声，被拘押的农民、商贩和手工业者集中在牛圈马厩，等着亲人送钱赎身。

齐为群潜回后岔村，一联系原来的地下党成员基本都在，让齐为群非常高兴，组织交给的任务是广泛发动群众，于是他扮作货郎挑上针头线脑之类，吆喝着进了村。从柳家洼子出来，又进了官堡台。刚到村口，从树林里窜出两个人挡住他的去路。齐为群一看，原来是两个大兵，急忙点头哈腰地说："老总好，老总辛苦了！"

"好个屁，老子在这里蹲了一上午，他妈的没见一个人过来，好不容易等了一个，也让大爷发点小财。"一个士兵边说边掀开齐为群的竹篮。

齐为群说："俺就是一个走村串乡的货郎，哪里有钱啊！就是用这些不值钱的东西换一口饭吃而已。"

一个士兵说："还跟我装穷？搜！"另一个上下搜了一遍，只搜出几张毛票，顺手揣进口袋，骂道："也是个穷鬼，滚滚滚！"

齐为群整理好货郎担，点了点头，快步离开。没走几步，听后面喊道："站住，给老子站住！"

齐为群转身说："老总，不是查过了吗？"

"少废话，我看你不像好人，贼眉鼠眼的，莫不是共产党的探子？"两个人走近打量着齐为群。

齐为群说："老总，我是真正的顺民，不是什么探子，你看，我还有居民证呢。”

“什么居民证？那个早作废了，别拿那布条子糊弄人，跟我们走！”

“去哪里？”

“山下，呶，黄河滩上筛沙子去，还能给大爷挣俩钱呢！”

齐为群一看，若被他们拉到黄河滩上去，不死也要蜕一层皮，再说组织上交给的任务还未完成，怎么办？寻思了一会儿，便跟着两个士兵下山。走到转弯处，齐为群忽然撂下担子，抽出扁担，一转身，狠狠地向后面的士兵脑袋上劈去，只听喀嚓一声，扁担折了，士兵也摇摇晃晃地倒下了。走在前面的士兵听见响声，一回头发现同伙遭到袭击，立即举枪射击，齐为群就势一滚，躲过了飞来的子弹，借着他子弹上膛的间隙，从地上一跃而起，跳到那士兵的身上，将他压在身下。两个人撕扭着、翻滚着，用手掐，用头顶，用腿撞，快到悬崖边时，齐为群腾出一只手，紧紧抓住崖边的小树，然后用力一蹬，那士兵惨叫一声坠入崖下。

山下，看管做苦力的士兵听到山上的枪声，慌忙举枪射击，顿时枪声大作，飞鸟和小动物惊慌失措地四下逃散，山崖上的土块不停地往下掉，腾起一股股尘土。

齐为群趁机钻进树林，消失在高山密林之中。

41

第二天早上十点，杨冰在马怀成的陪同下，一同去了马副司令官邸。马副司令穿着睡衣正坐在宽大的会客厅里喝牛奶，他的四姨太也身穿睡衣，偎依在他身旁看着他喝牛奶，媚眼迷离，似乎还沉浸在爱河之中。

卫兵通报后，杨冰仪态从容地走进会客厅，说："马副司令早上好！"

马副司令一见到杨冰，立刻傻了眼，怔怔地看了一分多钟，在四姨太的提醒下才回过神来，慌忙站起来，说："哎呀呀，我早就听说委员长要派一位特使过来，没想到就是你呀！"说着走上前，抓住杨冰的手一边抚摸，一边盯着她的眼睛，流露出贪婪的神色。

杨冰说："久闻司令大名，今日一见，司令果然威风凛凛，名不虚传哪！"

马副司令高兴地说："呵呵呵，特派员年纪轻轻，很会说话，嘴巴很甜哩！"

四姨太在一旁轻轻咳了一声，马副司令才放了手，说："快请坐，快请坐。”回头对马怀成说，“哎呀，特派员来了，贤侄也不早通知我一声，我有个准备才是啊！”

马怀成说：“特派员昨天到达太晚，没敢惊动司令，今天也怕打搅司令休息，所以……”

马副司令说：“我说今天早上起来就听见喜鹊叫呢，原来是贵客到了。”

四姨太说：“喜鹊叫是省城一大特色，它呀，可是天天叫着呢！”

杨冰掏出证件说：“请司令查验我的证件。”

“哎，不必了，贤侄引过来的客人，我还用得着怀疑吗？”马副司令一边说一边将证件塞进杨冰手中，借机又抓住了她的手。

杨冰看了马副司令一眼说：“司令……”

马副司令尴尬地抽回了手，说：“梁特派员这次来，不会是监督我的吧！这个蒋光……哦，蒋委员长光人前和我称兄道弟拜把子，背后总不放心我……”

杨冰说：“哪里哪里，我临行前，国防部还让我转达蒋委员长对您的问候呢！我这次来就是查看贵省的备战情况。最近，我军连连失利，可是我们还控制着大西北和大西南广大的土地，只要我们再坚守一年半载，第三次世界大战就要打响，到时美国人会帮助我们收复失地的。”

马副司令说：“呵呵，我最想听的就是这句话，我们可是盼望着这一天哪！”

杨冰说："我这次来，还有个任务，保密局要求我将贵省囚禁的共产党人刘凤翔亲自带回南京审讯，他可掌握着共产党大量的政治军事机密啊！"

马副司令说："这个好说，本来我想杀了他，可是有人建议我留着他跟共……"

四姨太干咳了一声，马副司令立即改变话头："主要是为了掏出他掌握的秘密，现在既然保密局需要，就带走吧！不过，路上不太平，你怎么带他回去？"

杨冰说："这还需要司令的帮助，我想请司令批准马团长派几个得力干将和我一道秘密将他押往南京。"

马副司令说："好好好，有贤侄负责押送，我就放心了。你们什么时候动身？"

杨冰说："即刻！"

马副司令说："太急了吧，梁小姐还没吃饭呢，怎么……"

四姨太一直在一旁观察着马副司令一举一动，她看到马胖子那贼溜溜的眼睛，就知道他在想什么。她巴不得这个梁珊珊快点从这里消失，于是就说："军情紧急，就不要再勉强梁特派员了，让她走吧。卫兵，传司令的话，将牢中那个叫刘凤翔的共产党押到这里来。"

马副司令说："四儿，怎么这样对待客人呢？"

四姨太说："梁特派员，我这是在帮你，你不会怪罪我吧？"

杨冰说："哪里哪里，夫人深明大义，佩服佩服。"

不一会儿，刘凤翔被带到司令部来。只见他的头发有一尺多长，胡须长得已经遮住了面孔，身上的单衣破碎不堪，浑身上下散发着阵阵恶臭。

马怀成惊愕地张大了嘴巴，他简直不相信面前的这个人就是刘凤翔，他不敢相信政府对犯人是如此的待遇。他的精神似乎在一瞬间被击成碎片，在空中飘散而不知所向。

四姨太立刻捂了鼻子，跑回内室。杨冰心中如刀绞一般，但还是镇定地说："给犯人一件棉衣吧，这北方的春天还是够冷的，冻死了我可没办法交代。"

马副司令说："应该，应该，梁特派员想的真是周到啊！"

杨冰给马副司令一个媚眼，让他顿时心花怒放，拉住杨冰的手说："真舍不得你走，记住，完成任务可要回来哦！"

杨冰说："我一定回来，我还想做这里的主人呢！"

马副司令动情地说："哎呀呀呀呀，梁小姐真是善解人意啊！"

杨冰说："司令保重身体，我走了！"

马副司令摆了摆手说："哎，再见！"

杨冰翻身上马，抱拳说："后会有期。"便带着刘凤翔与马怀成飞马而去。

马副司令站在廊檐下，踮着脚尖翘望，自言自语地说："乖乖，江南女子就是嫩！"话音未落，四姨太已经站在身旁，狠狠掐了一下他的脸。马副司令忙用手捂脸，骂道："有话说话，掐我脸作甚，奶奶的。"

杨冰与马怀成押着刘凤翔返回军营，刘凤翔洗完澡吃了饭，精神了许多，对马怀成说："马团长，我想问问，你们把我要送到哪里去？"

马怀成说："我们是救你出去的，你现在就可以走，我会派人把您送到安全地带的。"

"为什么救我？你是……"刘凤翔不解地问道。

"救你的不是我，是她！"他指了指杨冰说，"她并非特派员，而是您的同志。"

杨冰说："刘主任，您受苦了！"

刘凤翔任眼里充满了泪水，抓住杨冰的手说："谢谢你！下面你们怎么安排？"

杨冰说："不用谢，这是我应尽的责任。不过，刘主任，我不叫梁珊珊，我叫杨冰，是从延安来的，我们设法让您尽快离开这里。"

刘凤翔说："不，我想留在这儿，或许还能做些工作，这里的情况我比较熟悉，我要等到这里解放的那一天。"

杨冰再三劝说，刘凤翔还是坚持不走。马怀成说："干脆安排到我的部队里隐藏起来，以后再说，为了不引起马副司令的怀疑，样子还是要做的。"

马怀成找了一个年纪差不多的老兵扮成刘凤翔，并派了四个干练的亲兵护送假刘凤翔出城，驱车向西安方向驶去。

42

形势发展得比人们想象的还要快，1949年4月21日晨，中国人民解放军第二、第三野战军全线发起渡江战役。21日，毛主席、朱总司令发布《向全国进军的命令》，经过三天三夜的激战，人民解放军终于占领南京总统府。与此同时，程师长和杨政委的部队参与了为期半年的太原战役，消灭国民党守军十余万人，以攻克太原而胜利结束。根据中央命令，暂做休整后，他们又厉兵秣马，剑指大西北。

程师长正在聚精会神地看地图，杨政委疾步走进来，边走边说："好消息，好消息啊！"

程师长转过身，说："什么好消息？这几天好消息满天飞，让人简直都高兴不过来了。"

杨政委端起一缸子白开水，咕噜咕噜灌了下去，顿觉凉爽了许多，但还是拿起桌子上的草扇扇了起来。

程师长有些等不及了，说："快说嘛！你这个老杨总是爱卖关子。"

杨政委说："这叫说话艺术，懂吗？先把听话人的兴致调动起来，然后打住，让他急一会儿，等到他最想听的时候再说，那效果就是不一样啊！”

程师长说：“好，你卖你的关子，我研究我的地图，不想听了。”

杨政委呵呵一笑：“现在刚到兴奋点上，我告诉你，我们的鸽子有消息啦！”

“这么说，杨冰同志的工作有成效喽？”程师长立刻放下手中的红蓝铅笔，饶有兴趣地等待下文。

杨政委说：“杨冰果然是个奇女子啊，她进入严实的军营，面对丈夫，睹物思情，却是神色不露，这是何等的毅力啊！如果没有坚定的共产主义信念，再坚强的人也忍不住会流露出一些感情来，可是她做到了，让严实一头雾水。她独闯马怀成团部，大义凛然，慷慨陈词，也让马怀成动了心，虽然还没有明确表态，但他已经自觉地为我们工作了。在他的配合下，我们的鸽子硬是从反动军阀的手中把拘押在监狱里的刘凤翔同志营救出来了。”

程师长激动地站起来说：“不简单哪，一个女同志孤身进入虎穴并卓有成效地开展工作，确实不一般啊！”

杨政委说：“杨冰同志已经立了大功，等我们拿下大西北，一定为她请功。”

程师长说：“第一野战军已经接到作战命令：进军西北，解放陕西、宁夏、甘肃、青海、新疆五省。国民党匪帮凭借地理优势及军事力量对比，绝大多数负隅顽抗，特别是西北‘二马’决定孤注一掷，妄图依托西北山大沟深的天然屏障和坚固的工事与我军作最后的决战。军部已经制订解放大西北的方案，我十九兵团将投入三个军的兵力挥师西北，我六十四军担任东路攻击任务，主要夺取甘肃陇东地区的西峰、平凉、固原后，直取宁夏，我师这次可是打头阵的哦！”

杨政委说：“敌人虽然占据地利的优势，但天时不会垂青于他们，更不会有人附和，国民党的大员都跑了，他们几个小喽啰还能挣扎几天，再说西北人民受‘二马’的压迫和剥削太久了，他们期盼解放军尽快打过去，所以有人民群众的支持，大西北不日就会回到人民手中。”

程师长说：“我们召开一个营级以上干部会议，具体研究一下作战方案。”

“好，我让参谋部尽快落实。”杨政委说，“回头我再和西北隐蔽战线上的同志联系，争取做到兵不血刃，解放大西北。”

刘凤翔没有离开省城，他有他的打算，省城的每一条街道小巷他都做过详细的考察，如果真打起来，他就是一张活地图，再加上他这几年在当地结识了不少社会贤达和上层人士，说话办事肯定要方便些。为了党的事业，他已经把自己的安危置之度外。

他主动要求马怀成安排他到团部的炊事班工作，那里都是上不了战场的残兵老兵，没有人会注意他。马怀成答应了刘凤翔的请求，但告诉炊事班长，老刘想干点什么就干点什么，不干也不要强迫。为掩人耳目，刘凤翔白天在炊事班干活，晚上马怀成将他请进自己的密室，让刘凤翔给他讲共产党的思想和主张。

刘凤翔侃侃而谈，马怀成听得津津有味，不知不觉就谈到天亮。

马怀成站起来，伸了伸懒腰，对刘凤翔说："听刘先生一席话，胜读十年书。我马某军旅生涯数十载，只盼治理好军队，为老百姓撑起一把保护伞，可是这些年来，希望与现实之间的距离越来越远，我不知道该怎么办。现在，我明白了，我从您和杨冰的身上，看到了希望，我希望将来有一天，能够和你们一起走进和平的阳光里。"

刘凤翔说："我们欢迎你，欢迎你同人民站在一起。不过，眼下的斗争形势很复杂，我们一方面要学会保护自己，另一方面还要劝说更多的人站到我们这边来。"

马怀成说："刘先生，我懂了，你说吧，需要我做什么，我义不容辞！"

"好，我和杨冰同志交谈过了，她这次来的目的就是按照上级的指示来做你的工作，希望能够在战场上起义，并且能够影响你的上司何旅长。哦，对了，我有个秘密要告诉你，杨冰同志原名叫杨桃子，是本地人，是你们严营长的爱人。"

"什么？她就是桃子！"马怀成几乎不敢相信自己的耳朵，惊愕地看着刘凤翔。

刘凤翔说："没错，当年她被骆金雄打散后，逃出杨家坳，一路向东逃跑，可是最终体力不支，晕倒在荒郊野外，是我们的侦察员救了她，才到了延安，走上了革命的道路。”

刘凤翔继续说：“当年，你的部队打退了土匪，从杨家抬出了三具尸体，被我们侦察员看到了，他们认为严营长也死了，所以，杨冰同志后来又改嫁了。”

马怀成怔怔地看着刘凤翔，当年的情景浮现在他的脑海里，他砸了一下桌子，说：“都怪我，当年没有扩大搜索的范围，竟然拆散了他们这对恩爱鸳鸯。”

刘凤翔说：“马团长别自责，凡事都有例外。如果当年他们夫妻不分离，或许就没有杨冰的今天。这对于严实来说是有点残酷，但我想他会深明大义的。”

马怀成说：“杨冰现在去了严实那里，会不会出问题？”

刘凤翔说：“不会，我们共产党人把人民的利益看得高于一切，我想，她为了革命工作，暂时不会流露出儿女情长的。”

43

杨冰救出刘凤翔后，了解到刘凤翔与马怀成的交情，就把说服马怀成的工作交给了他，自己依然以梁特派员的身份返回严实的营部，准备去做他的工作。

严实对梁珊珊的印象很好，除了她酷似自己的妻子桃子之外，她似乎还有许多让人喜爱的特质，漂亮而不做作，位高而不逼人。

梁珊珊重新回到营部，让严实大喜过望，他想通过一段时间的接触，揭开这个女人的神秘面纱。

严实将梁珊珊请进办公室，热情地倒水沏茶，并亲自送到她的手上，说："没想到梁特派员这么快就回来了。"

杨冰接过热茶，一股暖流顿时传遍全身。自己昔日的情人、拜过堂的丈夫就在自己眼前，她恨不得立刻投入到他的怀抱，向他哭诉，让他拭去相思的泪水。可是，她不能，她是一名革命战士，重任在肩，况且在一个遥远的地方，还有一个深爱她的男人。

严实说："梁特派员身为女子，孤身走南闯北，勇气可嘉啊！”

杨冰说：“不敢，不敢，严上尉如此年轻气盛，日后定会飞黄腾达。”

严实说：“哪里哪里，我也只是混一碗饭吃，至于什么飞黄腾达，想都没想过。”

杨冰说：“严营长，凭着你的胆量和学识，可以找一份更体面的吃饭工作，这兵荒马乱的，怎么就想到到这里呢？”

“不瞒您说，我曾经是个教书先生，我的父亲现在是教育厅的厅长，弄个一官半职还是容易的。可是，我投军有我的苦衷。”

杨冰惊讶地说：“哦，严营长还有苦衷，梁某愿闻其详。”

严实站起来，在屋子里转了一个圈儿说：“梁特派员如果有兴趣，严某就给您讲个故事吧！”

杨冰饶有兴趣地说：“说吧，我洗耳恭听。”

严实说：“那是一九四四年的春天，那个春天特别冷，可我的心却是热的，因为我和热恋了三年的女友结婚了。对了，说起我的那位，她极像您，简直就是一个模子里刻出来的，所以第一次看到您，我还以为是她回来了呢！”

杨冰静静地听着，严实继续说：“可是，就在我们的新婚之夜，一伙土匪围了我们的家，准确地说是我岳父家。那天夜里，土匪杀了我的岳父岳母，我被打成重伤，逼走了我的新婚妻子。后来，我被马怀成团长，当时他还是营长，救活了。一来为了报答他的救命之恩，二来为了寻找我的妻子，为了给我的岳父母报仇，就当了兵。”

杨冰听着，胸脯在激烈的起伏，突然她站起来跑到窗户边抽泣起来。

严实走过去，扶住她的肩膀，闭上了眼睛。杨冰忽然推开严实的手，跑回去重新坐下来。

严实转过身问：“梁特派员怎么了？”

杨冰说：“我被你讲的故事感动了。”

严实说：“我以为保密局的人个个都是铁石心肠，看来梁特派员也是凡夫俗子啊！”

杨冰说：“我生来就是一个感情脆弱的人，听不得辛酸的故事。”

严实说：“好，那就不说了。”

杨冰却问上了：“你说要为岳父岳母报仇，你报了吗？”

严实回答得很干脆：“没有。我的仇人现在也披上了国军的皮，我怎么报？”

杨冰问：“他是谁？他在哪里？”

严实说：“骆金雄！现在是省直隶保安团团长。呶，就驻扎在四十里外的白马镇。”

杨冰忽然站起来说：“走，我们去他那里，我给你讨个公道。”

忽然，严实拔出手枪，顶到杨冰的脑门上：“说！你是干什么的？为什么我的故事让你如此激动？你这些天都干了什么？”

杨冰只是稍一惊慌，马上又笑着说：“怎么啦？严营长，你怀疑我？”

严实说：“若要人不知，除非己莫为，来人哪！”

随着喊声，一名士兵走进屋来：“营长有何吩咐？”

严实说：“你将这几天看到的说给特派员听。”

士兵说：“我按照您的吩咐，一路跟随特派员进了省城，她到了省城先进了咱团部，后来她又偷偷和马团长幽会，说了些什么在下实在没听见。第二天，他们去了马副司令官邸，时间不长就从监狱里带走了一个人押回团部，暂时停留了一会儿，他们就坐汽车出了城。我以为特派员去西安了，没想到她竟然在这里。”

“好，下去吧！”严实说完，士兵立刻出了门。

严实说：“梁特派员，你解释解释吧！”

杨冰忽然哈哈大笑说：“严营长确实很可爱，还派人盯我的梢。我告诉你，姑奶奶是保密局的少校副官，局座派遣的特派员。如果你怀疑我的身份，就明目张胆地去调查我，用不着偷偷摸摸地盯我梢。还用枪指着我，你的脑袋搬家了还不知道是谁干的，可悲！”

杨冰猛一转身，手枪已经顶在了严实的喉咙上。严实还没弄明白她是如何出枪的，后脑勺上又多了一支枪，原来是李萌。李萌低声吼道：“把枪放下，谁对特派员不恭，我就让谁的脑袋开花。”

严实放下枪，说：“对不起，特派员，我不是有意的，我只是想证明……”

杨冰说：“想证明什么？”

“哈哈哈，我来证明！”几个人同时回头一看，马怀成已经走了进来。

“马团长！”

“干什么？年轻气盛就动刀动枪？你们也不看看，共产党已经打到家门口来了，你们还怀疑这怀疑那，想内讧是不是？告诉你们，在我的地盘上就得听我的。严营长！”

“到！”严实一个立正，等候团长发落。

“还不快请特派员上座？”马怀成一本正经地说。

严实说了声：“是！”急忙请杨冰就座。

杨冰笑着说：“误会，误会，严营长并无大错。”

马怀成说：“我今天来，就是根据马副司令的命令和梁特派员的口谕安排布防工作的。目前，共军已经攻占了兰州、固原。现在正沿银平公路北上，相继夺取了同心、鸣沙，先头部队已经向中宁发起进攻。为此，马副司令和何旅长要求我团以牛头山、青铜峡和黄河为屏障将共军阻挡于黄河以东。我现在命令，你营迅速撤出白墩军营，开往滚泉以西的山梁上，修筑工事准备御敌。一营和三营我已经调到黄河边上，与你形成犄角之势。同时，对驻守白马的骆金雄保安团进行监视，如果他们在大战之时退却或逃跑，可以不请示我，直接将其击毙。”

严实立正敬礼，说：“保证完成任务，请团长放心！”

杨冰说：“马团长军务繁忙，我就不打扰了，我随严营长一道上山御敌。”

马怀成说："也好，严营长还需要有人点拨，那边你放心，我已经布置好了。"然后贴着杨冰的耳根说，"那边有刘主任。"

杨冰高兴地说："马团长办事我放心，后会有期。"

马怀成走后，严实向部队下达了命令：向牛头山开进。

44

解放军第六十四军挥师一路北上，逼近黄河岸边，将敌八十一军团团围住，围而不打，向敌人喊话，不断进行攻心战术，企望马家军投降或投诚。一阵炮响过后，敌军阵地上飘满了五颜六色的传单，士兵们争抢着，议论着，惊慌失措地乱成一团。

指挥所里，曾军长看着地图，对几个师长说："八十一军已经被我们包围，八十一军军长在马家军团里还算开明，他的属下马怀成的独立团已经同意起义，我想暂停对他们的打击，争取八十一军各团能够在战场上起义，而对河东的一二八军这样的顽固派我们要进行坚决打击！"

军政委说："这个想法很好，我们的同志正在做八十一军的工作，他们暂放一放。为了让敌人丢掉幻想，我们先打掉一二八军，向金积、灵武一带发起总攻。"

曾军长说："既然政委也这么想，那我可就下命令了。现在我命令一九一师五七三团东渡黄河，向余家桥挺进；五七五团配合一九二师及五七一团进攻吴忠堡。"

严实带着全营人马刚刚爬上牛头山，下面的五七三团就发起了进攻，一二八军的一个营正在拼命抵抗，一发发炮弹在敌军阵地上爆炸，敌人的尸体飞上了天空。几个宪兵端着枪把往回跑的士兵重新赶回阵地。一个敌军头目发现严实的部队上来了，狂喜地喊："弟兄们，我们的援兵到了，给我狠狠地打！"

严实观察了一下，问杨冰："特派员，我们怎么办？"

杨冰说："怎么办？我们走，向白马方向靠近，我们的阵地在那里。"

严实不明白特派员的用意，说："我们到底是打还是不打？"

"打！"杨冰果断地说，"但我们的敌人不在这里。"

严实一头雾水，问："我们的敌人？"

杨冰说："难道你忘了杀父之仇了吗？"

严实还是不明白，喃喃地说："杀父之仇？"

杨冰忽然怒目圆睁，吼道："难道岳父不是父亲吗？"

严实恍然大悟，说："我明白了。"忽然，他追上杨冰问："你到底是什么人？"

杨冰说："我是共产党！"

严实被这突如其来的变故吓了一跳，他拔出手枪，对准了杨冰的头。

杨冰说："我是共产党，我今天就是带你去给你的岳父母报仇的，如果你想杀我也行，等报了你的仇也不迟。"

严实拿枪的手垂了下来，说："好吧，等杀了骆金雄再和你算账。"

严实一挥手，全营立刻向白马方向奔去。

一二八军的士兵一看援军跑了，便也四下里逃散。那个挥着枪的小头目一看士兵逃跑，声嘶力竭地喊叫："回来，回来！"可是没有人理他，一颗流弹击中了他的头，他踉跄一下，便重重倒在地上。

杨冰回头望去，牛头山上已经插上了红旗，红旗下面有个熟悉的身影。

解放军大兵压境，躺在省城大烟馆的骆金雄也躺不住了，他连夜带着邢牡丹赶回白马镇，一刻未停便将队伍集合起来。刘丕不知深夜集合干啥，跑过来问："团……团长，这么晚集合，是不是要和共军干一场？"

骆金雄说："干个屁，马副司令都跑了，我们还干啥，不如脱了这身皮回咱黑鹰峡去。"

"对，回黑鹰峡。"副官和吴昊也附和道。

骆金雄说："弟兄们将能带的都带上，我们佯装跟共军拼命，借机跳出共军的包围圈，回黑鹰峡去。"

骆金雄一句话，众匪徒立刻嗷嗷叫着冲出了白马镇，一路向东杀了过去。刚跑出白马镇不远，便在空旷的田园里迎面就碰上了严实的二营。

严实命令士兵架起机枪，对众匪徒说："你们干什么？你们的后面就是共军，为什么要往外跑？"

骆金雄拨开众匪徒走到前面，见是严实的部队，立刻笑嘻嘻地说："哦，原来是严营长，我们就是去打共军的，请严营长让开一条路，毕竟我们都是为党国而战嘛！"

杨冰说："别跟他啰唆，跟他亮牌，我们今天就跟他算总账。"

严实说："骆大团长，想我严某让路也行，但有一条，把你的命给我留下，我饶了弟兄们。"

骆金雄说："严营长，我们过去有个人恩怨不假，可是现在我们都在为党国效忠，难道你想违背马副司令的命令吗？"

严实说："是的，我虽然是党国军人，但我是一个有良心的军人，是一个爱恨分明的军人，当年你杀了我的岳父岳母和我媳妇，今天就是报仇的日子。"

严实话出枪响，一个匪徒应声倒地。骆金雄吃惊地后退了几步，这边阵地上的机枪手也扣动了扳机，嗒嗒嗒一梭子过去，骆金雄和众匪徒趴在地上不敢抬头，但嘴里还在不停地骂："老子给你们卖命，你们却打起老子来了。弟兄们，给我打，他们不让咱们活，咱也让他们活不好。"

骆金雄对严实从心理上早就有防备，他知道在这个世界上结的仇怨够多了，迟早会有人来报仇。自从投了国军，嘴上说得天花乱坠，但心里从来就没把自个儿当成个军人，权当是避避风头，休养生息而已。眼见共军攻势势如破竹，国军一败涂地，他哪里还有心思与共军对抗。现在，严实挡了自己的逃生之路，只好硬着头皮背水一战了。

匪徒们疯狂地向这边扫射，发起一次又一次冲锋，企图夺路而逃，而严实的轻重机枪也在喷射着复仇的火焰，匪徒的冲锋只能以丢下几十具尸体而告终。打不赢就走，骆金雄一手持枪，一手拉着邢牡丹一会儿向北，一会儿向西突围，都被马怀成的一团和三团挡了回去。

骆金雄绝望地吼了一声："看来天要灭俺，俺豁出去了！"说完，端起一挺歪把子疯狂地扫射起来，密集的子弹压得严实他们趴在地上不敢动弹。

杨冰喊："骆金雄，你投降吧，你的罪恶太深重了，你要接受人民的审判！"说完，她忽然站起来，双手紧握短枪连开三枪，只见骆金雄手中的机枪掉在地上，手腕上淌着血。

"好，打得好！"几个连长、排长欢呼起来。顷刻，几名连长围了过来，问严实："她是共产党？"

严实说："没错，她就是共产党。"

几个人的表情似乎有些凝滞，都不说话，怔怔地看着严实。严实说："弟兄们，我们的仇人就是前面的骆金雄，今天我们先灭了这些危害乡亲们多年的土匪流氓再说。"

"好，我们听你的。"几个连长异口同声回答。几年来，严实对待士兵和下级军官如亲兄弟般，关键时刻，他们只听严实的。

严实有些感动，对部下说："消灭土匪骆金雄，为老百姓报仇雪恨！"说完，带头冲了上去，全营官兵怒吼着向骆金雄匪部包抄过去。

45

马副司令急得在屋子里团团转，一个卫兵跑进来：“报告司令，共军已经过了黄河，翻过牛头山，向金积、灵武推进，请指示！”

“去去去，把八十一军的马军长叫来，快！”马副司令焦急地摆了摆手，卫兵退下。

不一会儿，八十一军军长气喘吁吁地跑进来，说：“司令召见，有何吩咐？”

马副司令连忙迎上来，说：“哎呀，贤侄，你总算来了。我这两天老毛病又犯了，想出去治疗，这里就交给你了，这毕竟是咱马家的地盘，军队也是咱马家的心血啊！我走后，你就是宁夏兵团司令，可以调动各路人马，把共军赶出去。”

马军长知道，这位“叔叔”要溜了，可又不能明说，只好点点头，算是答应。

四姨太气急败坏地从外面跑进来，说：“快，要飞了！”

“什么飞了？瞎嚷嚷什么，还不快滚出去。”马副司令故作镇定地坐下来说。

四姨太一看屋内有人，便不再说话，身子一闪出去了。

马副司令说："你也该走了，记住，八十一军可是咱的主力，一定要保护好，如果挡不住就撤到草原上去。"

马军长说："记住了，请司令放心。"心里却是一片茫然。不一会儿，一架飞机飞掠省城上空，马军长自言自语地说："走吧，都走吧！"

战事越来越紧，省城的大街小巷里，人们行色匆匆，有的忙着寻找车子往乡下逃，有的干脆不出门，躲在家里挖地窖；有门路的上层官僚早已搭上飞机跑了。严实的父亲严国玺一脸阴沉，坐在沙发上一言不发，只是狠命地抽烟。

严实的母亲焦躁不安地在屋子里踱着小步，说："老头子，你倒是拿个主意啊！这共产党已经打到门口了，人家都是走的走，逃的逃，你说我们咋办嘛！"

严国玺说："能咋办？俺就是一个教书的，当了几年督学，最后升任厅长，最多也就是教书的头儿。我严某一生都在为教育奔走操劳，难道共产党还要革我的命吗？"

严母说："理是这么个理儿，可是我们的孩儿还在军队里供职呢！"

严国玺说："是啊！我愁的就是这件事，不知道那个愣头青能不能认清形势，主动投向共产党呢？"

"哈哈哈，严先生能这样想就对了，识时务者为俊杰嘛！"严国玺两口子一抬头，发现刘凤翔已经站到了屋子中央。

严国玺惊诧地说："刘先生不是在牢里吗？怎么……"

"呵呵，连你们的马副司令都跑了，我还不能跑出监狱吗？"

"是，是，早就应该出来了。"严国玺说，"刘先生无事不登三宝殿，这个时候来肯定有要事，若有让老朽跑腿动嘴的事儿，您尽管说。"

刘凤翔说："您弟子三千，桃李满园，德高望重，是这里最有名望的人。"

严国玺说："惭愧，惭愧，充其量只能算个教书匠。"

刘凤翔说："严老先生，您是聪明人，眼下的形势大家有目共睹，我就不说了。我要说的是目前八十一军已经被我们围困好几天了，我们不愿意看到更多的流血，希望这支部队能够在战场上起义，可是马军长犹豫不决，至今未下决心，所以，我来找您，就是希望您能联合省里爱好和平的、有声望的社会贤达去做做马军长的工作，不知可否？"

"哎呀，共产党的深明大义，老朽早就感受到了，今天我更看清了贵党的胸怀。这样，这件事就交给我，我一定让刘先生，不，让共产党得到满意的答复。不过，在下有一事相求，希望刘先生帮助我那犬子尽快弃暗投明，我就放心了。"

刘凤翔说："您放心，他已经在为我们工作了，再说，他身边就有共产党，关键时候，她会为贵公子指明道路的。"

"啊？是这样，这我就放心了。好，事不宜迟，我这就去办。"

骆金雄一看严实来真的了。知道自己那些残兵败将除了吃喝嫖赌那点本事外，根本是严实的对手，急忙呼喊："撤，撤退！"

邢牡丹说："当家的，我看我们化整为零才好脱身，要不，我们会死在这里的。"

骆金雄说："事已至此，只能这样了。二当家的，你和刘丕带领弟兄们向东突围，我和师爷，还有牡丹带几个弟兄从东南突围，记住，不可硬战，想法逃出去就是胜利，黑鹰峡见。"

说完，立刻兵分两路，往东、东南方向逃跑。

严实发现了骆金雄的企图，大喊一声："弟兄们，给我咬住，别让他们跑了！"

"他跑不了！"严实回头一看，是马怀成团长。马怀成在几个亲兵的保护下，不知什么时候已经到了阵地上。

严实说："大哥！"

马怀成说："好兄弟！"两个人拥抱在一起。

马怀成说："别追他们，就让他们去吧！"

严实说："为什么？"

马怀成说："你看，八十一军包括我们的独立团已经在解放军的重兵包围之下。可是他们围而不打，为什么呢？"

严实不明白，茫然地看着团长。

马怀成说："他们想让我们活命！"

严实说："起义！"

马怀成说："对，起义，梁特派员，不，是杨冰同志，她就是党代表，她到我们团这几个月，一切都是为了让我们起义。”

“杨冰？您说的是梁珊珊。”严实如初梦方醒，现实和梦境在他的脑海里不断闪现、重叠、翻腾。

“对，她不仅是共产党，还是你的妻子，她就是杨桃子。”马怀成鼓足了勇气说出来。

严实只觉得天旋地转，他四年多的思念，半年来的怀疑都在顷刻之间变成现实，他奋不顾身地扑上去，扑向杨冰的怀抱。

杨冰已经是泪流满面，她伸开温柔的臂膀接纳了他的拥抱。两个人拥抱着，多少情仇与怨恨、多少担惊与思念、多少喜悦与痛苦全都泡在泪水里。

马怀成的眼圈红了，士兵的眼圈也红了，硝烟弥漫的战场上演绎着一个动人的故事。

马怀成动情地说：“弟兄们，是谁让他们夫妻分离，是谁让我们流血丧命？就是那些万恶的土匪和腐败的国民政府。现在，解放军已经解放了大半个中国，‘塞上江南’也将要回到人民的怀抱，此刻我马怀成决定起义，跟共产党走。愿意继续跟随我的就留下，只待马军长一声令下，我们就集体起义。当然，有不愿意跟我走的，我也不勉强，人各有志，我不拦着，现在就可以放下枪走人，我马某人发给他路费。”

“我们愿意跟随团长，唯团长马首是瞻！”士兵们异口同声，群情激奋。

马怀成说：“好，现在我命令，一营、三营原地待命，防止个别反动分子破坏。二营追击骆金雄匪帮，把他们干净彻底地消灭在罗山脚下。”

严实领命。

杨冰说：“我也去！”

马怀成说：“你们俩重逢不容易，也好！不过，党代表要注意安全，等战争结束了，我还想喝你们的重逢喜酒呢！”

46

骆金雄跳出严实的包围，没命地向罗山方向逃跑。他想那里有他的黑鹰峡，有高大的罗山，山上有茂密的树林，还愁藏不住几百个人。他想只要到了罗山，解放军有再大的能耐，也奈何他不得。所以，罗山就是救命草，罗山就是安乐窝。

翻过烟筒山，进入红寺堡平原，骆金雄稍稍喘了一口气，说："他娘的，早知如此，当年就不该下山来。还好，我又回来了，谢天谢地！谢天谢地！"

邢牡丹说："大当家的福大命大，谁也奈何不了。就让那些穷鬼和可恶的大兵厮杀去吧，老娘要去山里做神仙喽！"

吴昊吴师爷凑过来说："大掌柜的，我们还是抓紧时间，占了黑鹰峡再说。"

骆金雄说："急什么，有两个时辰就到了，阳光真好，比城里强多了。"

砰一声枪响，吓得骆金雄站起来又蹲下去。四下里一看，并没有发现人，便立刻撒开脚丫子向罗山奔去。

二百多名匪徒连跑带跌地往山上冲，忽然，山上传来一声大喊："打！"密集的子弹倾泻下来，跑在前面的土匪应声倒下。骆金雄搞不明白，山上还有解放军？

他正纳闷，山上喊话了，说："我们是罗山游击队的，我是队长齐为群。你们已经走投无路了，赶快投降或许还有活命的机会，否则，死路一条。"

"齐为群？他不是被……妈的，怎么这么倒霉！"骆金雄急忙下令后撤，却停住了脚步，山下严实的部队已经追了上来。

骆金雄绝望地喊："弟兄们，各自为战，能逃赶快逃！"说完，拉起邢牡丹钻进了灌木丛。

山上的游击队员发现了追上来的国军，对齐为群说："队长，马匪增援来了。"

齐为群站起来观察了一会儿说："告诉同志们，后面来的国军是来帮我们的，是和我们一道消灭土匪的。注意，他们的左臂上扎着红布条，千万不可误伤了自己的同志。"

"是！"通信兵跑过去传达。

土匪们一看上有伏兵，下有追兵，只好沿着半山腰乱窜，有的借土坎、树木做掩护负隅顽抗，有的没命地跑，躲在石头后面乱放枪。齐为群和游击队员一齐开火，倒下了十几个。二掌柜的和刘丕自恃占据有利地形，撇开游击队向山下杀去。

严实已经安装好了山炮，随着几发炮弹打过去，又将几个土匪送上了天。二掌柜的和刘丕见此情景，相互看了一眼，便分头向两边跑去。严实从士兵手里拿过步枪，瞄准刘丕一扣扳机，刘丕就像皮球一样滚下了山坡。严实又瞄准了二掌柜的，杨冰说："我来！"拿过枪，顺手一挥，只听砰的一声，二掌柜的直挺挺地扑向一棵大树，摇晃了几下，尸体挂到了树杈上。

匪徒们见状，立刻丢下枪举手投降。严实和杨冰率领起义军冲了上去，齐为群和队员们也呐喊着冲了下来。两支部队会师罗山，骆匪残部悉数就擒，一清点，却发现少了骆金雄、邢牡丹和师爷吴昊。

严实和齐为群交换了一下意见，立即率领人马钻进了山林。

杨冰跑在最前头，面对熟悉的家乡小道，她像一只敏捷的小兔在山林里穿梭。士兵们地毯式的搜查，吓破了骆金雄的胆。他和邢牡丹爬上一块山岩，邢牡丹脚下一滑，将一块石头蹬下了山崖，石头落地的响声，立刻吸引了士兵们的注意，便呐喊着追了过去。

骆金雄一看情势不妙，觉得邢牡丹是个累赘，盯着她看了两秒，然后说了声："去死吧！"一脚将邢牡丹踢下了山崖。邢牡丹惨叫一声，坠下万丈悬崖，结束了罪恶的一生。

骆金雄转身要跑，几十支枪已对准了他的脑袋。他立刻丢下手中的枪，说："我投降，别杀我，别杀我，我投降！"

"骆金雄！睁开你的狗眼看看我是谁？"杨冰厉声喝问。

骆金雄抬起头，骇得后退了一步，说："你是杨家大小姐？"

"没错！今天你的末日到了，我要为我爹和我娘报仇！"杨冰恨恨地说。

骆金雄忽然跪倒在地，连磕三个响头，哀求说："我认罪，

我认罪，只要你不杀我，我愿意接受审判！”

杨冰一字一顿地说：“我现在就代表人民判你死刑！”话出枪响，一颗愤怒的子弹直入骆金雄脑袋。顿时，几百条枪对准一个目标开火，骆金雄，这个为害一方恶贯满盈的土匪头子顿时变成了一堆肉泥。

齐为群搜山圆满归来，师爷吴昊被游击队员从水洞里拎出来，此刻身上还吧嗒吧嗒地掉着水珠子。所有人都欢呼起来，夕阳照在罗山坡上，映红了每一个人的笑脸。

47

刘茂林带领他的团一路追击，到了半路，却被洪水阻挡。马家军河东司令为了阻挡解放军的进攻，竟然炸开黄河引灌之渠，顿时整个金灵平原成为泽国。

刘茂林只好下令全团涉水推进，到达吴忠堡，经过三天激战，歼灭国民党一二八军，吴忠、灵武等地宣布解放。

驻守在中宁一带的八十一军在我党强大的军事攻势和政治攻势下，宣布起义。马军长在马怀成、严国玺等人的陪同下来到军营，撤下青天白日旗，换上了鲜红的“八一”军旗，军旗左侧的白色竖条上写着“西北军区独立第二军”。

热烈的掌声，欢快的笑声响彻整个军营。

刘凤翔微笑着和马军长、马怀成、严国玺一一握手。

程师长和杨政委也来了，他们和杨冰握手问好。刘茂林也来了，他一把抱起杨冰转了几个圈，杨冰说：“别，大家都在看着呢！”

刘茂林说：“来来来，我给你看个人。”说着，将胡三贵和桂花从身后拽出来说，“来，看看你们的冰姐姐。”

胡三贵和桂花叫了一声“姐姐”，便拥抱在一起。

刘茂林说：“等全国解放了，他们准备搞一个新式的婚礼，我给他们主婚。”

“得了吧，恐怕到时还轮不到你哩！”杨冰笑着擂了刘茂林一拳。

严实发现了人群中的杨冰，他不顾一切地跑了过去。可惜人太多，他挤不到杨冰身边。

他四下里瞅瞅，希望从人缝空当里钻过去。他一瞅不要紧，脸色立刻变得惨白。他发现王确从腰间里拔出手枪，黑洞洞的枪口已经瞄准了杨冰。

他大叫一声：“小心，桃子！”

话音未落，两声枪响，杨冰从桂花的怀抱中倒了下来。

严实两步跨到杨冰面前，双手托住将要坠地的杨冰，撕心裂肺地叫了一声：“桃子——”

刘茂林被这突如其来的变故惊呆了，发现王确正要离去，他喊了一声：“杨冰——”端起冲锋枪，一扣扳机，嗒嗒嗒几十发子弹全部打了出去，王确的尸体在地上翻了几个跟斗摔在院子中央。

正在欢庆的人们立即退到院子边上。程师长和杨政委跑上前去，抓住杨冰的手说：“坚持住，我们相信你一定能坚持住！”泪水已经迷了眼睛。

杨冰挣扎着睁开眼睛说：“杨大哥，程……程师长，我的任务完成了。”

程师长说：“杨冰同志，你的任务完成得很好，我们为你请功！快，医生——”

杨冰说：“不用了，我要走了。严实，我对不起你，你去找我们的女儿吧，她叫菊……菊……”

杨冰的身子忽然往下一滑，蜷缩进严实的怀里，永远地睡着了，似乎很累，但却香甜……

严国玺从人缝里挤进来，未张口已是老泪纵横，他哽咽着说：“孩子，她是我们严家的媳妇，把她带回去，葬在咱家的祖坟里，将来我和你娘陪着她，她不会寂寞的。”

严实擦了一把眼泪，说：“不，她属于杨家坳，属于罗山，我送她去罗山……”

严实抱起杨冰，一步一步向罗山走去，初升的太阳，照在她的身上，红彤彤的，他和她沐浴在金色的光芒之中……

刘茂林举起了枪，所有的战士都举起了枪，上百发子弹一齐发射，如雷霆般在天空回荡，扩散到遥远的宇宙间……

一天后，刘茂林和严实率领各自的队伍，浩浩荡荡开赴银川，宁夏宣布解放，那一天是一九四九年九月二十三日。七天后的十月一日，数万名群众涌上街头，庆祝中华人民共和国成立。

一年后，刘茂林参加了中国人民志愿军，屡建奇功，牺牲在朝鲜战场，为新中国的安宁献出了最后一滴血。

马怀成随部队进驻新疆，为和平解放新疆作出了贡献，被授予中将军衔。后参加兵团建设，终老于那里。

严实调中国人民解放军某炮兵旅任旅长，罗山脚下大面积区域被划为炮兵靶场，他每年都要到那里进行实弹射击训练。数百门大炮一齐瞄准靶心，严实挥了挥手，百炮齐鸣，罗山靶场硝烟弥漫……

七十年后，九十八岁高龄的退休将军严实在女儿杨菊香的陪伴下来到罗山脚下，参加中国宁夏红寺堡航空旅游节，望着满眼苍翠的移民新灌区，老人欣慰地笑了。他没有忘记给桃子上坟，他和女儿一起在杨桃子的坟前栽下了象征思念的山桃树。

时令虽是秋天，但在老人的眼里，那小小的桃树上已经缀满了桃花，正在灼灼开放……

后　记

我这辈子做了三件事：一是读书，二是教书，三是写书。读了十多年书，古今中外，涉猎不少，却读得并不深刻，知其大意，并无深究，马马虎虎，也捞到一纸本科文凭；教书三十余年，几本教科书翻了几百遍，桃李未曾满天下，却也晋升为高级教师；到了知天命之年，却突发奇想地写起书来，小说、散文、诗歌、戏剧均有涉猎，五六年间累积了上百万字，于是就想做成书，圆个文学梦。

罗山是宁夏境内三座名山之一，虽名气比不上贺兰山、六盘山，却也是国家级自然保护区，是宁夏南北的分水岭。罗山脚下的红寺堡平原沉睡了数千年，在20世纪末，亘古荒原上掀起了大开发的风暴，国家扬黄河之水滋润千年旱塬，二十多万各族群众从六盘山下、清水河畔迁居至此，走上了脱贫致富奔小康的道路。

我，作为移民一分子，亲身体验了开拓创业的艰辛，耳闻目睹了红寺堡十几年的变迁，感触良多，心中经常想我能为自己的第二故乡做些什么呢？于是便有了一种冲动，我想用笨拙的笔触记录下这段历史，于是一口气写下了三个小长篇《大漠长歌》《罗山脚下的枪声》《爱在黄土地上蔓延》。

这三部小说可以说是姊妹篇，虽然故事发生的年代、故事情节、人物都不同，但相同的一点是故事都发生在罗山脚下这片热土上。小说毕竟是文艺作品，不能等同于历史，有些故事是虚构的，读者请勿对号入座。

爱这片黄土地是每个移民的本能，希望她繁荣昌盛是全体移民发自肺腑的心声。由于本人才疏学浅，脑笨笔拙，要写的人很多，还没有全写进去；要表现的事很多，也没有写透彻；书中还有许多瑕疵，没有得到补充和完善，希望广大读者不吝赐教！

拙作的出版受到诸多专家、领导的鼓励和支持。中国著名作家、宁夏文化名人、骏马奖获得者、宁夏作家协会原副主席李进祥老师生前于百忙中为我的书作序，宁夏人民出版社社长何志明先生亲自审定文稿，编辑陈晶、杨敏媛女士等给予了很多的鼓励和支持，谨此一并表示衷心的感谢！

作　者

二〇一九年十月